UNE VRAIE MÈRE
... OU PRESQUE

DIDIER VAN CAUWELAERT

UNE VRAIE MÈRE
... OU PRESQUE

roman

ALBIN MICHEL

IL A ÉTÉ TIRÉ DE CET OUVRAGE

Quinze exemplaires
sur vélin bouffant des papeteries Salzer
dont cinq exemplaires numérotés de 1 *à* 5
et dix exemplaires, hors commerce, numérotés de I *à* X

Ma mère, qui passait rarement inaperçue, est décédée d'un coup de bière aux obsèques de son cancérologue. Le porteur avant gauche avait marché sur son lacet, et le cercueil qui remontait l'allée de la cathédrale l'avait percutée de plein fouet. Avant de succomber à ses blessures, elle m'a demandé deux choses : garder son appartement en l'état et continuer de faire rouler sa voiture.

– Tu promets, lapin ?

J'ai promis. Et j'ai tenu. L'appartement, elle m'en avait fait donation chez le notaire, trois ans plus tôt, dans l'illusion de réduire les droits de succession. La voiture, négligeant de changer la carte grise, je l'ai laissée à son nom. D'où le cauchemar dans lequel je me débats aujourd'hui.

*

Après tant d'années de tensions et de reproches à mots couverts sous ses démonstrations d'amour, les premiers mois de sa mort furent moins difficiles à vivre que prévu. L'ironie du sort n'atténue pas le chagrin, au contraire, elle l'exalte, elle le rehausse telle une épice. Chaque fois que je croisais des amis de ma mère, les condoléances faisaient briller leurs yeux dans l'effort désespéré de ne pas céder au fou rire. Quel beau cadeau de départ pour les proches, un trépas qui suscite ainsi l'hilarité. Si, comme on le dit, nos larmes plombent les défunts, alors l'âme de Simone Pijkswaert devait se sentir aussi légère qu'une plume, dès qu'on évoquait sa mémoire.

Et puis mes rapports avec sa voiture avaient installé entre nous une connivence plutôt rare de son vivant. Cintré dans le siège baquet dont je n'avais pas modifié la position de conduite, je bravais les interdits autour du volant sport qu'elle n'avait jamais confié à personne. Au début, la situation ne présentait que des avantages, et j'en savourais le clin d'œil à chaque contravention. Dès que je descendais à Nice, je rebranchais la batterie du vieux bolide écarlate que, trente ans durant, elle avait bichonné comme une Ferrari. En fait, c'était une Renault Fuego. Un coupé milieu de gamme des années 80, aussi oublié que ringard, fiasco notoire à l'époque malgré une ligne fluide, un confort subtil et des performances bluffantes – surtout dans la version Turbo que lui avait cédée un client insolvable, en paiement du jardin à l'anglaise qu'elle lui avait créé sur les hauteurs de Cannes. Zéro à 100 km/h en huit secondes et reprises fulgurantes, la pétulante vintage me changeait des mollesses de la pantoufle hybride que je conduisais à Paris. Le parfum de maman y flottait encore. J'avais gardé son chapeau de paille sur la banquette arrière et ses derniers mégots de Marlboro dans le cendrier – on ne se refait pas : j'ai toujours eu la sensibilité d'un conservateur de musée. « Vous n'arriverez jamais à lui enlever ses manies de vieux garçon », avait-elle prédit à Tiphaine, dans ses efforts multiples et variés pour la dissuader de m'épouser.

Dès le berceau, nous avions eu des rapports conflictuels. Je lui recrachais à la gueule son lait maternel, et elle ne m'avait jamais pardonné de lui préférer les « biberons du commerce » que seul mon père réussissait, dans son infinie patience, à me faire ingurgiter. Mon père. Le premier problème entre nous, avant les femmes. Son caractère aussi doux qu'intraitable, son humour au troisième degré et sa bienveillance pointilleuse de juge pour enfants désarmaient tout le monde – sauf elle. Indifférent aux tentatives d'emprise maternelle, je calquais ma personnalité sur lui et prenais toujours son parti quand elle le houspillait. D'où le conseil qu'il me répétait souvent : « Fais semblant de m'aimer un peu moins, bonhomme ; tu la rends jalouse et ça nous retombe dessus. » Il n'avait qu'un seul défaut à mes yeux : son nom d'origine belge qui empoisonnait ma vie scolaire. J'avais beau préciser vingt fois par jour que P-i-j-k-s-w-a-e-r-t se prononce *Peïksouarte* et non *Pic vert,* les petits Niçois pur jus me persécutaient à coups de nom d'oiseau et d'histoires de frites. Mes ripostes à un contre dix se soldaient par des gnons dont ma mère le rendait responsable : « Avec ce patronyme impossible que tu nous as collé... ! » Il se contentait de répondre d'un ton conciliant que, si elle ne l'avait pas épousé, mon existence n'aurait pas été forcément plus paisible sous son nom de jeune fille – Toumou.

Sans tomber dans la psychanalyse de comptoir,

on peut déduire que les affrontements ponctuels qui pimentaient leur passion furent à l'origine de ma vocation de romancier, l'évasion fictionnelle sous boules Quies m'ayant offert les délices de la tranquillité jointes au pouvoir de refaire le monde à mon goût sur des feuilles volantes. La seule censure qui parvenait à franchir ma barrière d'isolation phonique était le hurlement biquotidien de ma mère : « À table ! »

Et puis un coup de couteau avait déchiré sa vie. Du jour au lendemain, une prise d'otages au tribunal pour enfants avait reconverti l'épouse volcanique en veuve admirable, mais le report affectif auquel elle s'attendait du fond de sa détresse ne s'était pas produit : jamais elle n'avait réussi à remplir dans mon cœur le vide laissé par mon père. Ça n'empêchait pas les sentiments. Je l'admirais autant qu'elle me crispait, elle était mon contraire absolu et l'amour que j'avais pour elle, en toute lucidité, tenait moins du devoir filial que de l'attachement obstiné d'un fan à l'égard d'une star insupportable.

Dotée d'un ego sans mesure, elle ne s'était jamais remise en question une seconde, se considérant comme la plus grande paysagiste de la Côte d'Azur et la meilleure cuisinière du monde – ce qui, en bonne chrétienne, la rendait pleine de mansuétude pour les envieux qui composaient à ses yeux l'essentiel de l'espèce humaine. Assumant sans complexe un physique sculptural de style Ava Gardner, elle avait encore gagné en séduction avec le veuvage. Devant sa clientèle comme auprès de ses nombreux courtisans, elle jouait les beautés inaccessibles pour maquiller le désespoir de sa solitude choisie.

Quand, victime des détournements de son associé, sa jardinerie s'était retrouvée en liquidation judiciaire, elle n'avait plus régné que sur ses fourneaux. La rage au ventre et le cœur sur la main, elle concoctait chaque dimanche pour six personnes un déjeuner pantagruélique et comminatoire (« Vous n'allez quand même pas m'en laisser ? »), puis allait distribuer les restes à ses amies malades au volant de son coupé framboise que, dans un même respect du qu'en-dira-t-on et du Code de la route, elle conduisait avec la rigueur spectaculaire d'une pilote de rallye, se targuant de n'avoir jamais été verbalisée de sa vie.

J'eus mon premier excès de vitesse dans le tunnel de Cimiez, trois jours après son décès. Flash du radar et contravention trouvée dans sa boîte aux lettres, à mon séjour suivant. Visiblement, le service des cartes grises la croyait toujours de ce monde, à l'instar de Canal +, du Secours catholique et du fichier abonnements de *Nice-Matin*. J'ai payé l'amende avec mon smartphone, mais les deux points perdus étaient pour elle. Ce qui m'arrangeait bien, n'en possédant plus que trois sur mon permis – téléphoner au volant dans les bouchons parisiens, assis par-dessus ma ceinture de sécurité bouclée pour en neutraliser les bips d'alarme, était chez moi une seconde nature.

À Nice, c'est la puissance du moteur qui me jouait des tours. La situation s'est répétée à chacun de mes séjours : contrôles radars, feux grillés à l'orange, priorités refusées… Habitué aux accélérations léthargiques de ma Toyota Prius, mon pied ne parvenait pas à dompter les élans inopinés du turbo de la Fuego. Je pensais que l'administration fiscale, dont les fichiers se croisaient avec tant d'efficacité quand il s'agissait de ponctionner le contribuable, ne tarderait pas à s'apercevoir qu'elle amputait le permis d'une défunte. Mais non. En trois mois, ma mère avait perdu onze points. Avec une jubilation gourmande, je lui demandais pardon à chaque PV. Infortunée Simone, si soucieuse de sa virginité pénale de championne du volant. Elle n'avait jamais aussi mal conduit que depuis qu'elle était morte.

Ça ne faisait pas rire ma femme. « Usurpation d'identité, ça s'appelle ! Pierre, tu sais ce que tu risques en roulant dans sa guimbarde à la con ? Même d'où elle est, elle va continuer à te pourrir la vie ! » Entre elles, ça n'avait jamais été l'idylle. En fait, elles ne s'étaient quasiment plus parlé depuis le deuxième Noël de notre mariage. Quand sa belle-fille lui avait offert, pour la seconde fois, un des prestigieux pulls équitables façon mohair en bouteilles d'eau recyclées qu'elle faisait fabriquer en Chine et étiqueter dans la Drôme, elle avait eu droit à un tonitruant : « Quelle surprise, un Tiphaine P. ! Espérons que je pourrai le porter, celui-ci : j'ai enfin trouvé une crème qui apaise mes allergies aux poils de plastique. »

Aussi, lorsque Toumou Simone, veuve Pijkswaert, fut informée par une lettre à l'en-tête du ministère de l'Intérieur qu'elle ne possédait plus qu'un point et qu'elle s'exposait, dès la prochaine infraction, au retrait de son permis de conduire, le soulagement joyeux de mon épouse fut à la hauteur des rancœurs accumulées du vivant de la contrevenante. « Génial ! Tu n'as plus qu'à vendre son tas de ferraille, s'il vaut encore quelque chose. Fini les conneries. »

Sauf que... Le mois suivant, lorsque je redescendis à Nice pour le Festival du livre, seul une fois de plus, Tiphaine détestant le climat et croulant sous les problèmes de son entreprise, je découvris dans la boîte aux lettres un courrier de la préfecture. On proposait à ma mère de s'inscrire à un stage de sensibilisation à la sécurité routière, d'une durée de deux jours et d'un coût de trois cent dix-neuf euros, qui lui permettrait de récupérer quatre points. La prochaine session aurait lieu les 20 et 21 septembre 2021 au centre agréé de Nice-Ouest, avenue de la Californie.

– Il vous reste soixante-douze heures pour engager une sosie, commenta Indra, l'auxiliaire de vie à qui je venais de raconter l'histoire de la conductrice fantôme.

On éclata de rire, entre deux cuillérées de purée qu'elle enfournait dans la bouche de tante Josette. Mais je n'allais pas tarder à me rendre compte que son trait d'humour n'était pas totalement gratuit.

Ancienne institutrice qu'une série d'AVC avait réduite au rang de légume intermittent, la sœur aînée de ma mère occupait un deux-pièces meublé au Serena Palazzo, une résidence services pour seniors près de la gare de Riquier. Restaurant à nappes, salle de goûter-spectacle et cour fleurie avec mini-piscine : les prestations étaient luxueuses mais le loyer n'excédait guère les mensualités d'un Ehpad. Quand son mari et elle, qui faisaient hôpital à part, avaient été déclarés sortants, ma mère leur avait trouvé, grâce à un conseiller municipal friand de ses raviolis, cette structure d'accueil inespérée. Ils y avaient vécu en paix trois ans et demi, jusqu'à la rupture d'anévrisme de mon oncle. Retranchée dans son passé, Josette continuait d'y végéter en compagnie de son auxiliaire de vie, jolie trentenaire d'origine indienne qui combinait souplesse féline et sérénité de vache sacrée. Les deux sœurs ne s'étaient jamais ressemblé en rien et, jusqu'à son décès, l'exubérante hyperactive avait reproché à la casanière effacée d'avoir un pied dans la tombe.

Ce jour-là, en panne sèche devant l'écran de mon livre en cours, je ne sentais aucune urgence à retourner m'enfermer dans ma chambre d'enfant pour tenter d'en extraire cette biographie romancée que ma mère m'avait tant réclamée. « Toutes mes amies se demandent pourquoi tu n'écris pas sur moi », ressassait-elle à chacune de mes visites. Le texte consacré à mon père, treize ans plus tôt, avait bien marché et elle était certaine que son personnage plairait encore plus au public, me reprochant avec une impatience croissante d'attendre sa mort pour la priver de son succès. Il en résultait une véritable gêne à la mettre en scène à titre posthume, gêne qui avait fini par déboucher sur un blocage assez démoralisant. Avant d'aller dédicacer le lendemain après-midi au Festival, je m'étais juré d'écrire au moins trois mille signes, et j'en avais déjà effacé mille huit cent vingt-trois.

Aussi, quand Indra me proposa d'accompagner

avec elle tante Josette à l'animation de seize heures, je ne sentis pas nécessaire de me dérober, même lorsqu'elle ajouta, désignant la photo encadrée où je souriais entre les deux sœurs, le jour de mes quarante ans :

– Ça fera plaisir à l'animatrice, elle vous a reconnu.

*

Lorsque nous sommes entrés dans la salle du goûter, un pianiste hors d'âge jouait *San Francisco*, le vieux tube de Maxime Le Forestier.

– Si vous avez le passe sanitaire, m'a dit l'hôtesse qui préparait au comptoir les assiettes de gâteaux, vous pouvez vous installer à l'intérieur, sinon c'est dehors.

J'ai regardé les trois papys assis sous la bruine derrière la porte-fenêtre ouverte, qui ont brusquement coincé leur parapluie sous le coude pour battre des mains. Boudinée dans une salopette en jean vert, une sexygénaire aux cheveux roux coupés Jeanne d'Arc venait de surgir à grands pas du couloir. Après avoir stimulé puis interrompu les applaudissements par des gestes de chef d'orchestre, elle se tourna vers le pianiste qui, avec un coucou de la main, toussa en retirant son masque et entreprit de recommencer méthodiquement l'intro de *San Francisco*. Alors, parcourant façon stand-up ses trois mètres carrés d'espace scénique cernés par les déambulateurs et les fauteuils roulants, la rouquine en vert fluo, lèvres collées au micro, se mit à postillonner les paroles de son cru qu'elle avait greffées sur la mélodie lénifiante :

C'est une peu-re bleue,
Accrochée à leurs campagnes
De vaccination,
Pour notre santé,
Ils nous piquent les clés
De nos libertés.

On se déchire ensemble,
Chacun a la trouille de l'autre...
On se contamine
Même si on s' vaccine
Avec ces toxines.

Des « Oh ! » d'indignation, des gloussements potaches et des « Plus fort, on n'entend pas ! »

entrecoupaient les horreurs qu'elle distillait avec une voix de velours et des yeux de braise. Reprochant d'un claquement de doigts une fausse note à son accompagnateur, qui peinait à déchiffrer la partition sur laquelle il venait d'éternuer, elle leva le bras en signe de pause pour lui laisser le temps d'essuyer les notes, puis attaqua son refrain en haussant les sourcils, la main plaquée sur la gorge :

San Vaccino m'enfume,
San Vaccino m'transhume,
San Vaccino...

Où êtes-vous ?
Coluche, Bedos...
Desproges...
Protégez-moi !

Après une salve de bravos, de sifflets gargouillants et de coups de canne sur le parquet, elle reprit son tour de piste en massacrant allègrement de son accent niçois ceux qu'elle appelait les « transhumancistes », apprentis sorciers voulant faire de nous des moutons sans défenses, sans secrets, sans révolte et sans joie. Puis elle conclut en rappelant au public la manif du surlendemain, place Masséna :

– Départ du minibus à quatorze heures devant la résidence, comme la semaine dernière. Seniors et senioras, je vous embrasse. Et n'oubliez pas de suivre la *vraie* actualité du virus sur ma page Facebook, avant qu'ils ne bloquent le compte. Je vous rappelle mon pseudo, les amis : Hérode Antipasse.

Amusé par son jeu de mots biblique, cette référence au monarque de Galilée devant lequel comparut Jésus, je vis la tornade rousse foncer droit sur moi, poing tendu, pour choquer mes phalanges avec une vigueur rayonnante en lançant de sa voix de stentor :

– Pierre Pijkswaert, quelle joie de vous rencontrer enfin ! Lucie Castagnol. Je suis la porte en face de votre tante, mais toujours par monts et par vaux quand vous venez la voir. Que voulez-vous, je fais les courses pour quarante-six personnes, ajouta-t-elle en balayant d'un geste circulaire les vieux autour d'elle, c'est comme ça qu'on fidélise un public – non, je rigole. Et je donne aussi des coups de main aux Restos du cœur. Vous avez vu que les indigents qui font la queue devant nos soupières sont menacés de passe sanitaire, eux aussi ? Un scandale ! J'ai souvent croisé votre maman, je l'adorais. Pour moi, c'était une référence.

Je ne voyais pas bien le rapport, si ce n'est que Simone livrait elle aussi ses raviolis, ses rognons flambés, ses paupiettes Orlov et ses tartes au citron meringuées à domicile quand ses amis n'étaient pas en état de sortir, mais j'ai remercié en la félicitant pour son humour au vitriol.

– Et encore, je me suis assagie avec l'âge – pas le mien, je vous rassure, celui de mes spectateurs. Quand on a joué Brecht et Feydeau en MJC comme moi, c'est un peu rude de se faire siffler par des dentiers – mais non, mes chéris, je vous adore –, enfin bon, *the show must go home*, et mes prestations me permettent de payer mon loyer. Oui, je vous disais, votre maman était une sacrée beauté, un tempérament de feu. Et quel parcours, mon Dieu, quel destin fabuleux !

J'ai acquiescé d'un sourire entendu pour ne pas amoindrir le prestige de la défunte. Mais le seul fait marquant, dans sa vie de labeur ingrat, était la rose Arielle-Dombasle qu'elle avait créée pour les noces de l'actrice en 1993, ce qui lui avait valu d'être invitée à Saint-Paul-de-Vence par l'attaché de presse du mariage. Cet événement unique, immortalisé par une photo dans *Nice-Matin*, elle en avait drapé son existence de telle manière que, sous le flot d'allusions aux clauses de confidentialité qu'elle disait avoir signées, on ne voyait plus en elle qu'une habituée des stars rompue à leurs confidences – alors qu'elle s'était contentée pendant trente ans de fleurir anonymement leurs loges aux studios de la Victorine, à cent mètres de sa jardinerie.

– Comme elle doit vous manquer ! conclut la chansonnière en pressant mes mains dans les siennes. Oh pardon ! geste barrière... Je vous désinfecte.

Elle sortit de sa poche fessière un petit flacon de plastique bleu, étiqueté Notre-Dame de Laghet, et me frictionna les doigts d'eau bénite en disant que ça attaquait moins la peau que le gel hydroalcoolique.

– Allez, je vous laisse avec votre chère tante, soupira-t-elle en lui frottant sa coiffure au bol comme on astique un meuble. Elle a bien de la chance de vous avoir. Vous me signerez un de vos livres, la prochaine fois, promis ? Sans me vanter, je suis fan.

J'ai regardé la bête de scène marcher vers le couloir d'un pas de chasseuse alpine, avec un bisou du bout des doigts pour son accompagnateur qui, lunettes rivées à la partition manuscrite de *San Francisco*, repassait au feutre les notes délavées par son éternuement.

– Elle assure, non ? a souri l'auxiliaire de vie en allant aider le vieil homme à passer du tabouret de piano à son fauteuil roulant. Un peu gonflante au quotidien, mais elle se met toujours en quatre pour rendre service.

– C'est l'impression qu'elle donne, ai-je répondu avec une courtoisie détachée.

Sans me douter que j'allais bientôt en faire l'expérience personnelle.

Après une soirée d'abrutissement télé, trois mots échangés avec ma femme entre ses conférences en ligne, un demi-somnifère et un réveil à l'aube, je me sentais curieusement en forme. Pour mieux me glisser dans les pensées de Simone, j'ai décidé de commencer mes six heures d'écriture par un bain de mer. Au saut du lit, soucieuse de maintenir son tonus, elle descendait s'astreindre neuf mois sur douze à vingt minutes d'allers-retours en crawl le long de l'immeuble. Mais la vieille échelle rouillée n'était plus là, sans doute arrachée par la dernière tempête. Les vagues puissantes qui me fouettaient d'embruns n'incitant guère à plonger du haut des rochers, je suis remonté sécher devant mon écran.

Je n'arrivais pas à faire revivre ma mère de

façon satisfaisante, à m'inscrire dans son sillage, à maintenir mon cap et ma vitesse de croisière. Insensiblement, je dérivais vers mon père, comme si un courant insidieux m'éloignait d'elle, de ce rendez-vous d'amour dépassionné que je nous avais fixé. Chaque immersion me ramenait vers celui sur qui j'avais déjà tout écrit. Elle me réclamait la parole, je fouillais ses non-dits et je n'entendais que ses mots. Je voulais épouser son point de vue et je ne trouvais pas son regard. L'avais-je trop fuie pour qu'on se rejoigne ?

Il était midi moins vingt. Je venais, en désespoir de cause, d'attaquer mon accouchement, ces trente heures de calvaire qu'elle ne se lassait jamais de raconter à ses convives en ma présence (« Il a failli me tuer cent fois, avec sa grosse tête qui ne voulait pas sortir… »), lorsqu'on a sonné. Les mâchoires crispées, j'ai abandonné Simone en plein récit de sa césarienne au-dessus des vol-au-vent qu'elle resservait, posé mon stylo sur le carnet à droite du Mac, enregistré les douze versions de mes six premières phrases et remonté le couloir, agacé par l'interruption. J'attendais le plombier pour une fuite sous l'évier, mais il m'avait dit qu'il passerait à quatorze heures précises. Sur le paillasson se tenait l'héroïne que j'étais en train de décrire.

– Bonjour, mon lapin. Comment tu me trouves ?

Abasourdi, je contemplais le fantôme de ma mère dans son tailleur préféré. En appui cambré sur la jambe droite, lunettes de soleil surmontant sa permanente blanc neige, sac à main façon Hermès pendu au pli du coude gauche et cigarette à la verticale du bout des doigts, en attente de cendrier, elle semblait tout droit sortie de la photo qui trônait dans la chambre de tante Josette. La voix était plus jeune, mais les inflexions conformes, ainsi que le port de tête et les excès pastel du maquillage. Même le parfum rappelait les fragrances capiteuses qui continuaient d'imprégner le velours de la Fuego. Seule la couleur des yeux détonnait.

– Vous me reconnaissez ? a-t-elle enchaîné avec la même allégresse mondaine. Eh non, je vois bien : c'est de bon augure. Lucie Castagnol. Vous m'avez applaudie hier après-midi au Serena Palazzo.

Ponctuant mon silence hébété, elle a souri avec une ironie faussement modeste. Puis elle a enchaîné de sa voix d'origine :

– Eh oui, ça secoue, j'imagine, mais Indra m'a

expliqué votre problème. Je pense, en toute honnêteté, que je suis votre seule chance.

Dans un effort de salive, j'ai réussi à articuler :

– Ma chance de quoi ?

– De récupérer les points de votre mère. Avouez que je suis plutôt raccord.

Elle s'est mise à tourner lentement sur elle-même, afin de me faire admirer comme elle portait bien le tailleur que j'avais acheté cinq ans plus tôt pour la Sainte-Simone – ce tweed anglais que maman avait refilé à sa sœur quand il était devenu trop grand à cause de la chimio.

– Mon Dieu, quelle vue ! s'est exclamée l'intruse en interrompant sa rotation face à la baie vitrée du salon. Quand on a la chance d'avoir une terrasse pareille, c'est un crime de mourir – non, je plaisante. Ça va, la voix ? J'ai travaillé de mémoire et sur YouTube – son interview dans votre *Vivement dimanche* de 2012. Vous savez, le jour où Drucker lui a demandé comment on devient la mère d'un écrivain connu. Sa tête, mon Dieu, j'en ris encore ! Très jouissive à incarner, en tout cas. Une maîtresse femme, tout à fait mon emploi. Et j'irai même jusqu'à dire, sans tomber dans le pathos : mon ultime création. Je vais me régaler.

Atterré par ce que je déduisais de ses paroles, j'ai bloqué l'élan qui la dirigeait vers le canapé Empire :

– Attendez... Vous n'avez quand même pas l'intention de vous inscrire au stage de la préfecture ?

– C'est fait ! J'ai renseigné les cases grâce à la photocopie de sa carte d'identité, que j'ai trouvée à la compta.

– Pardon ?

– Eh oui, c'est elle qui avait payé le dépôt de garantie de sa sœur, au Serena Palazzo. Franchement, quand j'ai vu la date, j'étais sur le cul, elle ne faisait vraiment pas son âge. Soyez tranquille, en tout cas : j'ai révisé à fond, je connais les nouveaux panneaux par cœur, je serai incollable. Interrogez-moi, allez ! Je peux ?

En la regardant écraser sa cigarette dans le cendrier doré sur pied à la droite du canapé, j'ai balbutié :

– Mais... qu'est-ce qui vous a pris de faire ça ?

– Je me doutais bien que, si je ne vous forçais pas un peu la main, vous auriez des scrupules. Et il n'y avait pas de temps à perdre : c'était hier soir, la date limite d'inscription.

Elle a sorti une feuille de son sac, l'a dépliée, m'a tendu le mail. C'était la liste des participants confirmés au stage débutant lundi. En voyant le nom de ma mère reprendre place parmi les vivants dans un classement alphabétique, j'ai ressenti un frisson de jubilation mêlé d'une nostalgie poignante, auxquels j'ai réagi en me cabrant dans une posture éthique :

– Vous êtes consciente, madame, qu'il s'agit d'une falsification d'identité punie par une peine de prison ?

– C'est vous qui avez commencé – à titre passif, j'en conviens, a-t-elle nuancé avec un petit sourire complice, tout en s'asseyant au milieu du canapé. Sauf que là, il fallait prendre le taureau par les cornes.

– En vertu de quoi ?

– Onze points perdus en trois mois. Et il faut en avoir encore un, minimum, pour pouvoir bénéficier du stage de récup. Sinon, c'est râpé : suspension du permis, convocation au tribunal... Et à ce niveau de juridiction, croyez-moi, ça sera beaucoup plus coton pour moi de donner le change... Ce n'est pas à un fils de magistrat que j'ai besoin de faire un dessin : ils s'apercevront tout de suite que je suis morte.

À nouveau, elle estompait cet accent niçois dont ma mère avait mis un point d'honneur à se défaire quand mon premier livre était paru. Jambes croisées, elle suivait des yeux l'approche du ferry en provenance de Corse. Je me suis laissé tomber en face d'elle dans le fauteuil relax orthopédique, le seul de mes cadeaux qui n'avait jamais servi.

– Mais enfin, c'est dément… Pourquoi vous ne m'avez pas demandé mon autorisation avant de vous inscrire ?

– Pour éviter de vous impliquer, tiens ! Comme ça, si je me fais prendre pour falsification d'identité, comme vous dites, vous n'y serez pour rien. Je raconterai que j'ai voulu rendre service à mon amie Simone qui est en quarantaine Covid à Londres, un truc dans le genre. Je suis tellement émue de votre situation.

– C'est très gentil de votre part, mais il n'y a vraiment pas lieu. C'est juste un véhicule d'appoint. Je vais le vendre ou mettre la carte grise à mon nom, comme j'aurais dû le faire, et ça réglera le problème.

– Surtout pas, malheureux ! s'est-elle insurgée. Rien de mieux pour vous faire gauler, maintenant qu'elle est dans le collimateur ! Si leur fichier la croit toujours vivante, le fait de rajouter aujourd'hui la Fuego dans l'inventaire de la succession attirera leur attention, c'est fatal ! Pile au moment où quelqu'un vient de l'inscrire en stage de récup ! Vous serez le coupable désigné. Avec tout le mal que je me suis donné pour vous couvrir...

– Justement ! Arrêtons là, s'il vous plaît. Je suis très touché de votre sollicitude, Lucie, et pardon d'être brutal, mais cette ridicule histoire de points ne vous regarde pas et ne justifie en rien que vous preniez de tels risques.

Soudain crispée, elle a sauté sur ses pieds en stoppant mes atermoiements d'un claquement de doigts.

– Écoutez, mon garçon, j'ai joué *Phèdre* à Beyrouth en pleine guerre du Liban, j'ai fini les saluts sous les obus, alors excusez-moi... le rapport bénéfice / risques, s'il y en a une qui connaît, c'est moi.

Penchée au-dessus de mon relax, elle a posé la main sur mon bras gauche pour malaxer mon biceps d'un air gratifiant.

– Vous avez créé une situation désopilante, cher grand homme, avec un personnage en or. Je n'allais pas passer à côté du rôle. Et, je le répète, vous n'avez rien à craindre : une comédienne digne de ce nom se doit de défendre son auteur. Quitte à faire rempart de son corps.

Évitant de m'appesantir sur la dernière phrase, je lui ai demandé quel bénéfice elle espérait en retirer, *elle*.

– Trois cent dix-neuf euros pour deux jours de cachet – voyez, je m'aligne sur les tarifs de la préfecture. Et uniquement en cas de succès. Si je ne réussis pas à vous récupérer les points de maman, c'est pour ma pomme. *No soucy*, je l'aurai incarnée pour le plaisir. Vous savez, Pierre, je suis une bénévole dans l'âme. Ma gloire, pour ne pas dire mon honneur, c'est de faire passer l'art avant la thune. Et la vérité d'un personnage, toute ma carrière en atteste, est le plus haut degré de l'art scénique. Ils n'y verront que du feu.

Entrant dans sa logique pour mieux la réfuter, je lui ai fait remarquer qu'elle avait les yeux noisette.

– Je me suis commandé des lentilles bleues, je les aurai lundi matin. Et pour le jeu, il me reste deux jours et demi de répète : c'est largement suffisant, à condition que vous acceptiez de me diriger.

– C'est-à-dire ?

– Vous me donnez la réplique en me corrigeant, je suis vos indications à la lettre, et tout le monde y croira. Souvenez-vous de ce qu'a écrit mon cher Cocteau : « Je suis un mensonge qui dit la vérité. » J'en serai la preuve vivante.

Que répondre à cela ? Je commençais, malgré moi, à trouver la perspective relativement excitante. Remettre ma mère en circulation le temps de recharger son permis de conduire était, en termes d'ironie comme de symbole, une suite naturelle aux rallonges administratives que j'avais données à sa mémoire. Et c'est vrai que tous les risques seraient pour la prête-nom. Mais mon visage demeurait fermé, et elle a soudain jeté l'éponge avec une aigreur de laissée-pour-compte.

– Très bien, n'en parlons plus. Mais quel gâchis... J'étais même prête à me ruiner les poumons pour vous, moi qui n'ai jamais touché une clope. Allez, sans rancune. Gardez-le en souvenir d'une belle occasion ratée.

Elle avait sorti de son sac un paquet de Marlboro sous-titré « Fumer tue », à peine entamé, et me le tendait dans une réaction de panache pudique masquant difficilement son dépit. Ses yeux brillaient dans l'effort d'endiguer les larmes. Elle a déposé dans ma paume son accessoire de jeu, lentement, sans cesser de me fixer. Je n'ai pas détourné la tête. Submergé par une émotion complètement inattendue, je n'avais plus qu'une envie, tout à coup : voir le regard bleu de ma mère dans ce visage si fidèle à l'original.

Je lui ai rendu ses cigarettes, j'ai pris mon portefeuille dans ma veste chiffonnée sur une chaise et, sans un mot, je lui ai versé une avance sur son cachet remboursable en cas d'insuccès.

– Comme vous voulez, a-t-elle soupiré avec l'air de me faire une faveur. Mais ôtez-moi d'un doute.

Elle s'est rapprochée de moi, a tendu sa joue vers mon nez.

– C'est bien son parfum ? Je suis allée chez Sephora déboucher une cinquantaine de flacons pour le retrouver, de mémoire. Je suis sûre que c'est un Guerlain, j'ai cru reconnaître Shalimar, mais j'ai encore un vrai doute par rapport à Mitsouko.

Elle désignait dans son sac un atomiseur de voyage. Pris d'un élan dont l'évidence ne m'a même pas étonné, je suis allé dans la salle de bains de ma mère, d'où j'ai rapporté mon cadeau du Noël précédent qu'elle n'avait pas eu le temps de terminer.

– Mitsouko, je le savais. Merci, mon petit Pierre. Vous direz que je fais du zèle, que personne à part vous ne remarquera la différence, mais c'est surtout pour moi. J'ai besoin de la *sentir*, vous comprenez, dans tous les sens du terme.

J'ai hoché la tête. Insensiblement, j'étais entré dans son jeu. Sans m'imaginer un instant qu'il serait si difficile d'en sortir.

– Allons-y ! a-t-elle lancé après avoir glissé le parfum dans son sac.

– Où ça ?

– Il est midi, je vous invite à grignoter un morceau sur le port, a-t-elle claironné en brandissant mon billet de cent euros. Ça vous dit ?

Mon estomac a répondu pour moi dans un gargouillis qu'elle a souligné d'une moue flattée, avant d'enchaîner :

– Comme ça, nous discuterons des modalités en terrain neutre.

– Quelles modalités ?

– Un rôle, mon cher, ça se nourrit. Vous permettez ?

Sur la console de l'entrée, elle s'est emparée des clés de la Fuego.

– La prise en main, c'est important. J'imagine

que les inspecteurs de la Sécurité routière vont m'interroger sur mon mauvais comportement au volant. Quand je devrai faire l'autocritique de mes infractions, il faudra bien que je sois crédible.

Aussi oiseux qu'il paraisse, l'argument était difficilement contestable sur le plan du perfectionnisme. Je me suis contenté de répondre que j'attendais le plombier à quatorze heures.

– On y sera. Mais envoyez-lui quand même un texto pour qu'il vous appelle, si jamais il arrive en premier. Ça vous tranquillisera.

À court d'objections, j'ai attrapé ma veste et ouvert la porte.

– Et mon permis ? a-t-elle lancé, doigt pointé vers mon torse, comme si elle me prenait en défaut.

– Dans la boîte à gants.

– C'est bon, m'a-t-elle absous en se dirigeant vers la voiture. Modèle Essence Turbo 132 chevaux, c'est ça ?

Elle m'a cligné de l'œil avant d'ajuster sur son nez, soigneusement, les lunettes de soleil à verres carrés qu'elle avait dû chiper dans le placard de ma tante – le seul souvenir que Josette avait voulu garder de sa cadette, avec la prothèse capillaire fabriquée par un perruquier des studios de la Victorine à partir de la magnifique chevelure coupée juste avant la chimio.

Avec un serrement de cœur, je l'ai regardée s'installer sur le siège maternel. Elle a mis le contact, enfoncé l'accélérateur au point mort pour faire connaissance, appréciant la sonorité du moteur d'un air expert tandis que je m'asseyais à ses côtés. Puis, après avoir bouclé sa ceinture, elle a démarré sur les chapeaux de roues, manquant renverser le scooter du facteur qui a zigzagué en l'injuriant.

– Va te faire encaguer, squirinchou ! lui a-t-elle beuglé en réponse, penchée à la portière.

Ravalant aussitôt son argot niçois, elle a tourné vers moi un regard de contrition pour enchaîner de sa voix maternelle :

– Pardon, lapin, ce n'est pas dans le ton.

J'ai commencé à me détendre après le premier verre de rosé. En nous installant sous le grand platane ombrageant la terrasse de L'Oursinade, j'avais tenté poliment de la brancher sur elle, ses origines, son parcours.

– Aucun intérêt. À part cinq ou six grands rôles et une publicité pour Paic Citron, ma vie est nulle. Plus de famille, excepté un cousin à Cagnes-sur-Mer que je ne vois jamais, pas d'enfant, pas d'amour, si ce n'est quelques aventures avec un partenaire le temps d'une tournée. Nommée en 1983 dans la catégorie Meilleure actrice aux Journées Cocteau de Milly-la-Forêt pour *La Belle et la Bête*, j'ai reçu le Séguéla d'argent au Festival de Reims en 2001 pour Madame Paic. Mais le plus grand moment de mon existence, c'est lorsque Jean

Anouilh est venu m'applaudir dans son *Antigone* à la Comédie de Genève, le soir de mes trente-huit ans. Il m'a écrit sur le programme : « Vous n'aviez pas l'âge, mais vous avez l'étoffe. » Fin de citation.

Elle a vidé son verre et me l'a tendu pour que je le remplisse en concluant :

– Sortie de mes rôles, voyez, je ne suis pas grand-chose. Je vendais *L'Huma* quand j'étais une héroïne de Sartre, puis je suis devenue chrétienne avec *Jeanne d'Arc au bûcher* de Claudel. Aujourd'hui, le théâtre est mort, plus personne ne m'engage, et je crève d'en être réduite à jouer mon propre personnage dans des seule-en-scène pour maisons de retraite. Donc, oublions Lucie, et revenons à Simone !

Sans transition, elle a quitté sa gouaille du Midi pour se fondre dans les inflexions élégantes de ma mère, fille de paysans de la plaine du Var qui avait gagné ses galons de bourgeoise modèle à la sueur de son front, et elle s'est mise à me réciter le Code de la route comme on passe une audition en alexandrins.

– Dites-moi si je minaude, surtout. Pour moi, elle pérore, elle susurre, elle vanne, mais elle ne minaude jamais. N'hésitez pas à me reprendre.

– Non, non, c'est bon. Vous êtes parfaite. C'en est presque gênant.

– Merci, lapin. Ça ne t'ennuie pas de me dire tu ? Ça m'aide.

J'ai dégluti avec un hochement de tête. Entre deux sens giratoires et trois priorités piétons, elle me regardait avec circonspection engloutir les petits farcis niçois que la serveuse nous avait apportés en entrée.

– Ne me dis pas que tu les trouves aussi bons que les miens.

J'ai salué d'un sourire complice la pertinence de la réflexion. J'avais choisi un restaurant dans lequel maman, allergique aux « pièges à touristes », n'avait jamais mis les pieds. Mais, le cas échéant, c'est vrai, elle n'aurait pas manqué de me lancer cette phrase dès ma première bouchée.

J'étais comme devant une vidéo en 3D, un hologramme à la ressemblance à peine brouillée par quelques bugs. La couleur inappropriée de ses yeux dissimulée derrière ses lunettes noires, l'illusion progressait de phrase en phrase, aussi bien dans l'élocution que dans la gestuelle. Le choc, la stupeur et les réticences passés, je commençais à m'habituer à ce jeu de rôle dont l'ironie décalée diffusait autant d'émotion que d'allégresse. Au fil des bouchées, je lui donnais la réplique avec de plus en plus d'aisance. Je me suis même entendu lancer dans un réflexe inquiet, alors qu'elle enfournait une tomate cerise :

– Attention !

– À quoi ? s'est-elle affolée, fourchette figée, l'air prise en faute. Je suis allergique ?

– Tu as des diverticules.

– Des quoi ?

Conscient que ma réaction était pour elle le plus bel hommage à sa prestation, j'ai précisé :

– Des excroissances sur la paroi du côlon. Les graines s'y coincent, et tu risques une infection.

Je n'en étais pas encore à l'appeler maman, mais je n'avais déjà plus à me forcer pour lui parler au présent à la deuxième personne.

– Où ai-je la tête ? s'est-elle reproché en recrachant la tomate, comme si son hypersensibilité intestinale risquait de lui coûter un point de permis pour défaut d'attention. Je te remercie, mon chéri. Tu vois, quand tu es là, je m'oublie. Je te vois si peu...

Diluant le ton acide qui lui était venu spontanément, elle a glissé façon parenthèse :

– Arrête-moi si j'en fais trop.

– Non, non, c'est même un peu en dessous.

– Je suis flattée. Et toi, raconte ! Ton prochain livre. Quel est le sujet ? Quand mes amies me demandent, je suis infoutue de leur répondre. Franchement, j'ai l'air de quoi ?

On s'y croyait. Elle avait parfaitement capté la teneur de nos rapports, nos dissensions, les piques à fleuret moucheté par lesquelles son amour s'exprimait – ce mélange de fierté maternelle et de constat sans trêve de l'ingratitude filiale qui m'avait tant pesé.

– C'est moi, l'héroïne, cette fois, j'espère.

– Je n'en suis qu'aux prémices. Et puis, c'est romancé.

– Ah bon ? Tu trouves que je ne suffis pas à moi-même ?

Tout le temps du repas, la comédienne a peaufiné son personnage, me criblant de questions et de demandes d'anecdotes tout en rouziguant ses côtelettes. Son instinct de caméléon m'impressionnait. À peine m'avait-elle convaincu de lui pitcher mon ouvrage en gestation qu'elle m'interrompait, le doigt vers mon assiette :

– Ne laisse pas refroidir.

Au dessert, elle s'estimait « convaincante » – à juste titre. Mais ça ne ferait pas d'elle pour autant une conductrice émérite. Elle avait bu les trois quarts de la bouteille et, en la voyant légèrement tituber vers la Fuego après avoir payé l'addition avec mon billet de cent euros, je lui ai repris la clé pour éviter qu'elle n'ajoute l'état d'ivresse à la liste de ses infractions. Mon geste l'a froissée – j'avais vécu si souvent la même scène, au sortir des restaurants, lorsque le quant-à-soi lâchait prise sous la pression des rancœurs attisées par l'alcool. S'était-elle enivrée en connaissance de cause, pour affiner sa crédibilité dans mon regard ? Je me demandais combien d'heures elle avait passées avec son modèle, au Serena Palazzo, pour lui avoir soutiré autant de confidences ou, à tout le moins, déduire de ses observations un comportement aussi fidèle à ce que furent nos rapports.

En lui ouvrant la portière passager, je l'ai remerciée pour ce bon déjeuner.

– Je t'ai habitué à mieux, mais bon... Si à Paris on se contente de ces ragougnasses décongelées, que veux-tu que je te réponde ? Je me demande vraiment pourquoi je me donne autant de mal. Très bien, je me le tiendrai pour dit.

Crispation blessée allant crescendo dès que j'appréciais la cuisine d'un tiers, et menaces sous-jacentes en représailles – là encore, c'était un sans-faute. Elle le savait, au vu de son regard en coin souligné par un petit sourire d'autosatisfaction.

– Vous êtes venue en bus ? me suis-je enquis en démarrant, manière de clore la répétition par le retour au vouvoiement.

– Absolument, a-t-elle répondu de sa voix de Lucie.

– Je vous dépose à l'arrêt de la Corniche ?

– Non, non, ne vous dérangez pas, j'adore marcher et je dessoûle très vite – un point commun de plus avec maman. Remontons à la maison, ça me permettra de faire un petit pipi.

– Quand même, je suis bluffé par votre façon de…

– Posséder le personnage ?

– De le faire parler.

– C'est lui qui me parle : tout est dans le sous-texte. Je travaille beaucoup en amont, vous savez. J'ai mes sources.

– Indra ?

– Son père, surtout. Il est tenu au secret professionnel, bien sûr, mais je l'ai pris comme médecin traitant.

Je comprenais mieux l'étendue de son savoir et la justesse de ses dialogues. Le Dr Shangore, merveilleux généraliste à l'ancienne mêlant pharmacopée officielle et remèdes ayurvédiques, avait entretenu la santé de Simone une trentaine d'années, avant d'abandonner le terrain au cancérologue qui avait hâté sa fin en mourant le premier. Depuis, il soignait à sa mémoire sa discrète sœur, exaltant à travers leurs dissemblances l'aura de la regrettée patiente dont il fut, je pense, un amoureux transi. En matière d'informations, ça n'avait pas dû être compliqué pour la comédienne de s'abreuver à ce puits de science et de passion contrariée.

– Et avec votre femme, comment elle était ?

La question à brûle-pourpoint m'a fait caler.

– Comme une belle-mère, ai-je éludé en redémarrant. Quel rapport avec le permis à points ?

– Un jour où elle apportait une daube à sa sœur, je lui ai demandé quand vous seriez à Nice pour que je vous fasse dédicacer mes livres. Elle m'a répondu : « Oh, vous savez, je ne le vois plus guère, sa femme est allergique au soleil. » Comme je compatissais, elle a poussé un soupir de tragédie grecque : « Que voulez-vous que je vous dise ? Il écrit des romans pour recycler ses sentiments, elle récupère les déchets plastique pour en faire des pulls, et ils pensent être un couple assorti. Enfin… Je vous préviendrai dès qu'il m'accordera un créneau. Il réussit tout de même à s'échapper de temps en temps, quand il en a marre de manger Picard. »

J'ai dégluti au son de ces modulations d'indulgence perfide, qui devaient correspondre en tout point à la manière dont Simone parlait de moi en mon absence.

– Et puis bon, sans vouloir remuer le couteau dans la plaie, il me manque un élément crucial, Pierre – du moins j'en ai eu des sons de cloche vraiment trop différents. Vous pouvez me raconter sa mort ?

Je lui ai rappelé que le but, au contraire, était de la ressusciter quarante-huit heures.

– Oui, justement ! Tout ce qui peut éclairer son caractère, je prends.

Je me suis garé sur le parking privé de l'autre côté de la chaussée, en face des cinq marches menant à l'appartement, et j'ai coupé le moteur avant de me tourner vers elle. Les yeux dans ses yeux, j'ai laissé les mots remonter à mes lèvres, reconstituer les scènes qui me hantaient encore une nuit sur deux. Pranal Shangore lui avait conseillé un cancérologue d'une grande humanité, le Dr Garnier, mais elle avait choisi le Pr Bocagnano, avec qui une amie commune était venue dîner chez elle et qui s'était extasié sur ses gnocchis.

– C'était quel genre ?

– Mandarin péremptoire à chevilles gonflables.

– C'est lui qu'elle surnommait Boc ?

– Oui. Elle a toujours abrégé les gens qui lui faisaient de l'ombre. Elle vous a parlé de lui ?

– Pas directement. Les cloisons sont minces au Palazzo, et elle se livrait beaucoup à sa sœur depuis qu'elle avait perdu la mémoire. Un jour, sans le vouloir, j'ai entendu : « Pierre a débarqué à l'improviste pour mon anniversaire, il m'a vue sans perruque : j'ai été obligée de lui dire. Il exige de rencontrer Boc. » Vous l'avez fait ?

Je revois les images dans son regard. Le grand bureau d'hôpital décoré d'accessoires de marine et de photos dédicacées par des célébrités guéries, le vieux colosse buriné de soleil déplorant d'un air rancunier que sa patiente ne m'ait pas avoué plus tôt la gravité de son état, martelant : « Je lui avais pourtant dit d'arrêter de fumer pendant le traitement ! » Ce à quoi elle avait rétorqué : « La cigarette, c'est peut-être aussi dangereux que la chimio, mais au moins ça ne rend pas chauve. » Sans relever la réplique, il avait conclu en nous raccompagnant : « Toujours est-il que je l'avais prévenue, elle a sabordé le protocole. La douleur est sous contrôle, mais il ne lui reste malheureusement que trois ou quatre semaines, pas plus. »

– Connard, a sifflé Lucie entre ses dents.

– Oui. Sauf que c'est lui qui, un mois plus tard, s'est fait harponner par un thon au large de Monaco.

– Allez ?

– Emporté avec le siège de pêche fixé à l'arrière de son yacht.

Elle a hurlé de rire. Je l'ai calmée net en lui disant que maman avait eu la même réaction. Nous étions allés à ses obsèques comme à une messe d'action de grâce, remerciant l'ironie du sort de l'avoir prolongée tout en abrégeant la carrière de celui qui l'avait condamnée. Un de nos plus beaux moments de complicité. Et de confiance en la vie.

Si bref, hélas… Le noyé s'est vengé d'un coup de cercueil.

– Histoire de confirmer son pronostic, d'accord. Et vous, quel est votre programme cet après-midi ?

Déstabilisé par la rupture de ton, il m'a fallu quelques secondes pour revenir au présent.

– Dès que le plombier a fini, je file au Festival du livre. Je suis prévu en dédicace à partir de quinze heures.

– Génial ! Vous voulez que je vienne me faire tester auprès de vos lecteurs ?

Je me suis empressé de la dissuader en l'assurant que je n'avais aucun doute : elle était entrée à merveille dans la peau du personnage et les examinateurs de la Sécurité routière la valideraient sans peine.

– C'est le seul but de votre engagement, lui ai-je rappelé.

Elle a écarté les bras dans un geste de nostalgie fataliste qui aurait dû m'alarmer.

Au moment où nous sortions de la voiture, les voisins du dessous fermaient leur porte et montaient l'escalier débouchant sur la route. En tenue de tennis, ils m'ont salué de la main avec un grand sourire, avant de gagner leur Jaguar décapotable garée à côté de la Fuego.

– Et moi, je sens le gaz ? m'a lancé d'un ton pincé l'interprète de ma mère. Ils me font la gueule ou ils ne m'ont pas reconnue ?

Une vraie anxiété perçait sous l'irritation.

– Ils sont nouveaux, l'ai-je rassurée. Je veux dire, ils ont acheté le mois dernier, premier et rez-de-chaussée. Des Russes. Et ils rêvent de s'agrandir...

– Compte là-dessus, a-t-elle marmonné en arrondissant les lèvres. Moi vivante, jamais !

Je n'ai pas fait de commentaire. Elle a suivi d'un regard menaçant le cabriolet qui s'éloignait, puis grimpé les marches de son pas de charge. Au moment où j'allais introduire ma clé dans la serrure, j'ai entendu un miaulement.

– Doudou ! s'est-elle exclamée.

Là, je n'en croyais pas mes oreilles, ni mes yeux. Le chat errant qui venait se faire nourrir par ma mère et passer une heure sur ses genoux devant la télé, chaque jour, était en train de se frotter en ronronnant contre les mollets de l'actrice. Il ne s'était plus manifesté depuis le jour du décès. J'avais beau me dire que c'était l'odeur du tailleur, je suis quand même resté scié lorsqu'elle s'est agenouillée pour lui frictionner le pelage.

– Alors, comment tu vas, mon Doudou ? Je suis si heureuse de te retrouver... Je t'ai manqué ?

Ce n'était pas tant le fait qu'elle connaisse son nom qui me sidérait – ma mère parlait à tout le monde de son visiteur de l'après-midi, afin de souligner combien les animaux, eux aussi, la trouvaient exceptionnelle –, mais la façon dont ce matou sauvage, qui décampait dès qu'il me voyait, se laissait dorloter par une inconnue, allant chercher les caresses avec sa tête et lui léchant le bout des doigts.

– Mais oui, mon Doudou, je suis revenue... Tu vois...

Elle l'a pris dans ses bras. Il s'est laissé soulever sans broncher, elle l'a monté jusqu'à son visage pour qu'ils se regardent à égalité. Il a recommencé à ronronner en essayant d'attraper une de ses mèches, puis s'est raidi quand mon smartphone a sonné. L'image de Tiphaine en queue de cheval et pull moucheté au gala de son entreprise occupait l'écran. En enclenchant le mode silence, j'ai décroché malgré moi.

– Quoi de neuf ?

Sa phrase d'attaque habituelle. J'ai donné des nouvelles de ma tante et de la plomberie.

– Et toi ?

– Je signe au Festival de trois à sept, après il y a le cocktail sur la terrasse de l'Aston…

– Tu es seul ?

Un réflexe m'a fait répondre oui. Aussitôt la comédienne s'est détournée avec une discrétion marquée, refermant sa main sur le museau du chat pour étouffer son ronronnement. Durant les semaines où je m'étais séparé de Tiphaine, à la mort de maman, parce qu'elle avait refusé de partager avec moi sa fin de vie, elle s'était mis en tête que je me consolais dans les bras d'une maîtresse locale. Depuis qu'on s'était pardonné, je faisais tout pour éviter que ses soupçons ne fissurent l'équilibre de façade que nous avions restauré.

– Et toi, avec tes Chinois, ça s'arrange ?

– Non, c'est monté d'un cran. Ils essaient carrément de me piquer la marque, je t'expliquerai. Signe bien, je t'aime.

– Moi aussi.

Le duplicata de Simone s'est retourné vers moi dès la fin de l'appel, sondant mes sentiments avec un sourire de lucidité compréhensive, presque d'excuse.

– J'ai été un vrai problème entre vous, n'est-ce pas ?

La douceur de sa voix m'a serré la gorge autant que la petite lueur de fierté que je décelais dans ses yeux. Une forme de malice se mêlait au constat qu'elle venait de formuler avec compassion, sinon regret. Les mots ont franchi mes lèvres comme si son regard les aimantait :

– Je pensais que le deuil effacerait nos tensions. Mais non, au contraire. C'est terrible, en fait, d'être pris entre deux amours inconciliables. On finit par ne plus savoir qui on protège... par se dévitaliser, dans l'espoir de souffrir moins... Faire semblant, quoi, pour avoir la paix.

– Je sais. En tout cas, elle a du charme, sur la photo.

J'ai confirmé par la négative :

– Ce n'est pas un canon de beauté, *elle*. Ce n'est pas une épouse exemplaire, un modèle de dévouement, une référence écrasante... Elle est tout d'une pièce, pas toujours facile à vivre, moi non plus : on se heurte, on se respecte et on s'aime tels qu'on est. Voilà.

– Vous avez de la chance.

Lentement, sans me quitter des yeux, elle a reposé le chat qui, le poil hérissé tout à coup, s'est mis à lui renifler les pieds comme s'il avait un doute. Comme s'il remettait en question son élan du cœur. Il n'était pas le seul. Moi qui me livre si peu, sauf dans des situations de fiction, j'étais désarçonné par la confiance irrationnelle que je venais de témoigner à ce fac-similé de ma mère. Peut-être était-ce simplement le besoin d'exprimer enfin ce que je n'avais pas été en mesure de partager avec l'originale. Peut-être, à l'instar des timides qui ne peuvent rencontrer l'idéal féminin qu'en le projetant sur une professionnelle, me sentais-je libre de mes propos devant Lucie parce que je rétribuais sa prestation.

Brusquement, Doudou s'est sauvé. Mais c'était moins le soupçon d'imposture qui l'avait chassé que le filet d'eau qui, s'échappant de sous la porte, venait d'atteindre ses pattes. J'ouvris en catastrophe. La canalisation avait cédé sous l'évier, et la flotte coulait à gros bouillons. Je me suis précipité pour fermer la vanne d'arrivée dans le placard du vestibule.

– Vous êtes sûr de votre plombier ? Il est deux heures vingt.

– Je ne le connais pas. J'ai appelé un numéro d'urgence, hier soir, quand j'ai vu que ça commençait à fuir…

– Laissez tomber. Les SOS Dépannage qu'on trouve dans les boîtes aux lettres, c'est soit des arnaqueurs, soit des nuls qui vous plantent. Allez signer vos bouquins, je m'en occupe.

– Comment ça ?

– J'ai refait toute la plomberie de mon studio, au Palazzo, j'ai un excellent fournisseur à prix de gros. Vous avez de quoi éponger ?

Tétanisé par la catastrophe, j'ai désigné le placard sous l'évier. Dérapant dans la flaque, elle a sorti les serpillières imbibées qu'elle s'est mise à essorer dans le bac.

– Ne faites pas attendre vos lectrices, allez. De quoi vous avez peur, que je vous vole ? Si c'était le but, je vous aurais invité à manger avec mon avance sur cachet ? Bon. Appelez le 06 15 12 22 13 et mettez le haut-parleur.

M'excusant des soupçons qu'elle me prêtait, j'ai composé le numéro tandis qu'elle épongeait à quatre pattes.

– Mario Fluides, bonjour.

– Salut Mario, c'est ta Lucie préférée ! Tu pourrais me livrer en urgence dans le quartier du port un flexible de vidange extensible en 40, avec manchon et joints ?

– D'ici une heure, ça peut.

– Super ! 4 *bis*, avenue Jean-Lorrain. Ajoute un siphon et viens avec ta boîte à outils, bisous. Rassuré ? m'a-t-elle lancé en me voyant raccrocher.

Je me suis confondu en remerciements. Quand je me suis baissé vers une des serpillières pour lui prêter main-forte, elle m'a carrément poussé vers la porte.

– N'oublie pas ton stylo et laisse-moi ton numéro sur un papier. Y a un double des clés, s'il faut aller couper l'arrivée d'eau de l'immeuble ?

– Dans le cache-pot de l'entrée, oui.

– Ça roule. Je te tiens au courant.

– Mais… vous n'aviez rien de prévu cet après-midi ?

– Travailler le rôle : c'est ce que je fais. Allez, zou ! Et ne grille pas les feux. Qu'il me reste un point pour lundi…

Le jardin Albert-Ier était envahi par une foule en sueur sous les masques, et mon stand ne désemplissait pas. Assis par ordre alphabétique entre un député du Rassemblement national et une star de série télé qui venait de publier son régime sans gluten, je me servais dans leur queue pour tromper l'ennui, proposant mes livres à leurs fans qui patientaient en m'écoutant d'une oreille distraite. Mes propres lecteurs, dissuadés par la cohue, renonçaient à jouer des coudes et allaient voir ailleurs.

Tous les quarts d'heure, je me levais et filais à l'écart, sous les pins parasols, pour répondre à la plombière improvisée qui me demandait où se trouvaient le tableau des fusibles, la clé du cadenas de la cave, la référence de mon abonnement à la Compagnie des eaux, la vanne générale de l'immeuble ou les coordonnées de mon assureur. J'avais inscrit *Lucie* dans mes contacts pour ne pas confondre son numéro avec celui d'un indésirable, mais elle était la seule à m'appeler. Elle ne quittait plus la voix de ma mère. Au téléphone, la ressemblance et la justesse des intonations étaient encore plus confondantes, et la fréquence de nos dialogues me faisait vivre le présent en porte-à-faux.

Et puis, ça s'est tassé. Lorsque les allées du Festival ont fini par se dégarnir, c'est moi qui ai tenté de la joindre. Boîte vocale. Au cinquième message sans réponse, l'inquiétude a pris le dessus et j'ai décidé de sécher le cocktail de remise du prix Baie-des-Anges sur la terrasse de l'hôtel Aston.

J'attendais devant l'ascenseur du parking, face à la mer, quand elle m'a rappelé :

– C'est bon, tout est hors d'eau, j'ai changé le siphon et chemisé la canalisation.

– Je ne sais pas comment vous remercier.

– C'est fait. Tu rentres à quelle heure, lapin ?

Jugulant une fois encore l'émotion que me donnait ce pli dans le temps, j'ai répondu que je serais à l'appartement d'ici une vingtaine de minutes.

– Sept heures et demie, donc. C'est noté, ne lambine pas.

Je n'avais plus entendu ce verbe depuis que ma mère s'était tue. C'était l'un de ses préférés, avec « m'estamper » et « chanter pouilles », qu'elle réservait à ses commerçants ou aux employés de sa mutuelle.

En raccrochant, j'ai vu que Tiphaine venait de me laisser un message vocal. Comme il ne me restait plus que trois pour cent de batterie, j'ai préféré la rappeler directement. Le téléphone s'est éteint au moment où j'allais le faire, et j'ai pris ça pour un signe. L'envie de partager avec elle l'irruption homérique de Lucie Castagnol dans ma vie n'avait duré que trente secondes. Les seules disputes qui avaient jamais fissuré notre couple étaient liées à sa belle-mère, et je trouvais plus prudent d'attendre l'issue du stage de sécurité routière pour lui relater ou non, à mon retour à Paris, cette réincarnation administrative de son ennemie jurée.

Dans l'idée de varier les retours en arrière, j'ai traversé la Promenade jusqu'à la plage de l'Opéra. C'est là que, l'été de mes dix-sept ans, j'avais connu Antonella, mon premier amour – un troisième violon qui, après six mois de bonheurs torrides dans les réserves d'instruments et les cabines de bain, avait fini par épouser le chef d'orchestre. Plaquant mon hypokhâgne, mes parents et ma ville, je m'étais enfui à dix-huit ans pour faire le siège des éditeurs parisiens, dévoré de souffrance et de rage, alternant dans une chambre de bonne à Montmartre les semaines de solitude enflammée sur le papier et les aventures d'un soir pour refroidir le souvenir de la traîtresse que j'attisais par écrit. Il m'avait fallu huit ans de cicatrisation et toute la sensualité joyeuse de Tiphaine, rencontrée dans une collision de vélos, pour que je reprenne goût à la passion. Dans les deux cas, ma mère avait concentré tout son amour protecteur dans le ressassement de son cri de guerre : « Ne donne jamais à une femme le pouvoir de te gâcher la vie ! » Conseil que j'avais toujours suivi – du moins en ce qui la concernait.

*

Dès l'ouverture de la porte, l'odeur m'a figé sur le paillasson. Beignets de fleurs de courge au coulis de tomate. La spécialité maternelle la plus courue, immédiatement derrière les raviolis à la daube, la tourte de blettes aux pignons et les rognons flambés sauce madère. Sur le plan de travail, des monceaux de récipients et d'ustensiles encadraient le cahier de recettes.

– Allez, à table ! Ça n'attend pas.

Le ton de bloc opératoire était aussi raccord que le fumet du plat. Elle avait dressé le couvert du dimanche à la salle à manger : porcelaine de Limoges, verres en cristal et argenterie – tout ce que je ne m'étais pas résolu encore à partager entre ses amies à qui ce rituel manquait tant.

Je regardais autour de moi, la gorge nouée. Laissé dans son jus depuis trois mois, l'appartement était briqué à fond, les relents de cire et d'Ajax Vitres se faufilaient sous les effluves de friture et de basilic chaud. Elle avait troqué le tailleur gris contre une des trois robes en coton que j'avais gardées, celles où les fragrances de Mitsouko demeuraient le plus présentes, et elle avait noué par-dessus le tablier *Rencontres gastronomiques internationales de Monaco*, dédicacé « À la brillante Simone » par un chef étoilé en 2007. Bref, l'illusion était parfaite, jusqu'à la première bouchée. C'était gras, mou et collant. Impossible de retenir ma grimace.

– Je sais, a-t-elle soupiré. Ce n'est qu'une première répétition.

Je l'ai réconfortée en disant qu'il n'y avait pas

d'épreuve culinaire au stage de récupération de points.

– L'authenticité se niche dans chaque détail, lapin. Si je me sens en dessous, je joue faux.

– Et alors ? Personne ne verra la différence.

– C'est toi qui me dis ça ? Toi qui racontes tout le temps aux journalistes que tu te donnes un mal de chien pour qu'on ne sente pas l'effort dans tes livres ? L'honneur de l'artiste, tu t'assieds dessus, d'un coup ?

Changeant de sujet pour détourner les tensions, comme je l'avais toujours fait autour de cette table, je lui ai demandé ce qu'elle pensait de Mélusine Pouari, sa jeune collègue actrice qui avait siphonné mon lectorat au Festival du livre.

– Connais pas. Ça tortille du cul dans une sitcom et ça se prend pour la nouvelle Sagan – j'ai honte pour toi de ce qu'est devenu ton métier. Allez, encore trois bouchées pour me faire plaisir et on passe au dessert. Croisons les doigts.

Le suspense fut bref : la tarte au citron était cartonneuse, fadasse, la meringue aussi dure qu'une colle séchée. Elle m'a dévisagé comme si c'était ma faute.

– Tu peux m'expliquer ? J'ai suivi la recette au pied de la lettre.

– La présentation est parfaite, en tout cas, ai-je plaidé sans trop de conviction.

Elle a repris soudain sa voix de naissance pour balancer en abattant son poing sur la table :

– J'ai compris ! Elle a glissé exprès des erreurs pour que personne ne puisse reproduire ses plats !

Ma moue sceptique a cassé son élan. Elle a convenu qu'elle n'était pas le genre à faire ça.

– J'ai dû me tromper en pesant les ingrédients, ok. Tout ce que je sais faire, moi, c'est réchauffer au micro-ondes – mais j'apprendrai, pas d'angoisses. À quelle heure tu dédicaces, demain ?

– Je dois y être vers dix heures. J'ai un direct sur France Bleu à la demie.

– Ah flûte ! L'expert ne peut pas passer avant dix heures quinze.

– L'expert ?

– Oui, tu as inondé les voisins du dessous. Ils sont montés en rentrant du tennis, pour que je descende constater. Un carnage, mais ça va, je t'ai arrangé les bidons.

– Vous parlez russe ?

– J'ai joué Tchekhov, dans ma jeunesse, et j'étais

communiste : ça crée un climat de confiance. On s'est très bien compris, avec les mains.

– Et... ils ne vous ont pas demandé qui vous étiez ?

– Ils nous ont vus ensemble, ça leur suffit.

Son air bonasse amplifiait le signal d'alarme dans ma tête. J'ai attrapé son poignet sur la nappe.

– Vous leur avez dit quoi, Lucie ? Que vous étiez la femme de ménage ?

– Une femme de ménage qui ressemble trait pour trait à l'ancienne propriétaire qu'ils voient sur la photo du vestibule au bras de son fils, tu trouves ça crédible ?

– Mais enfin, ils savent que vous êtes morte !

– Je leur ai dit que j'étais ma sœur. La dernière des filles Toumou, de passage en métropole.

– Attendez, c'est quoi ce délire ?

– Tu m'as demandé de gérer le sinistre pendant que tu vends tes livres, c'est bon ! Pas de quoi sortir l'artillerie... Heureusement que j'étais là, entre parenthèses. Tu te serais fait enfler.

– C'est-à-dire ?

– Ils sont assurés chez Axa, comme toi. J'ai fait semblant de me réjouir, et j'ai appelé dans leur dos pour obtenir le nom de l'expert. Je lui ai parlé cinq minutes, il a très bien compris.

– Compris quoi ?

– La fragilité d'un homme de plume qui vient de perdre sa mère, face à des colons russes qui veulent l'immeuble pour eux tout seuls. Un type charmant.

– Et il passe un samedi ?

– Oui, il me fait une fleur. J'ai dit que lundi et mardi, j'étais prise par un stage administratif.

– Mais je suis libre, moi !

Elle a balayé l'objection d'un geste rassurant.

– Quand j'ai commencé quelque chose, je le termine. Je te raconte pas ce que ça t'aurait coûté, avec la franchise et les exclusions de garantie…

– Décommandez-le !

– Ah oui ? Contrarier un expert avant l'expertise, ça te paraît malin ?

Face au rempart de son tutoiement, j'ai senti qu'il ne servirait pas à grand-chose d'essayer de rétablir entre nous une distance sociale.

– Écoute, Lucie, je t'ai engagée pour une mission précise, je ne te demande pas de gérer ma vie ! D'accord ? Je l'appelle et je reporte le rendez-vous.

– Un vendredi soir à l'heure du dîner, il va bien apprécier. Sans vouloir vous vexer, dans vos romans vous êtes peut-être un as de la psychologie, mais au quotidien vous faites relâche.

Indifférent à ce vouvoiement destiné à me remettre à ma place, j'ai foncé vers mon portable qui se rechargeait dans le vestibule en ordonnant :

– Donne-moi son numéro !

Sur l'écran, six mentions d'appels manqués, assortis d'un sms : *T'es où, merde, réponds !!!* L'offensive chinoise avait dû empirer : Tiphaine ne réclamait mon aide que dans les cas désespérés.

– De toute manière, continuait l'autre comme si elle n'avait pas entendu, je l'ai senti à sa voix, c'est le genre d'homme qui préfère traiter avec une femme. Si vous voyez ce que je veux dire... Je saurai lui faire passer la vétusté et le défaut d'entretien pour un vice de construction, comme ça il se retournera contre l'assurance de la copropriété – malin, non ?

J'ai reposé le téléphone, ébranlé par la stratégie qu'elle avait amorcée.

– Allez vous rasseoir, Pierre, j'apporte le café.

Je n'ai pas insisté. C'est vrai qu'il valait mieux en finir au plus vite avec l'intendance. Mardi soir, qu'elle ait réussi ou non à me récupérer des points, je tirerais un trait sur cette histoire en reprenant l'avion, alors autant lui laisser régler le problème d'assurance. Voyant que je m'étais radouci, elle a enchaîné d'un air anodin tandis qu'elle rapprochait sa chaise pour remplir ma tasse :

– Du coup, s'il faut que je sois là pour dix heures quinze, ne vous sentez pas obligé, mais ça serait plus raisonnable que je dorme sur place.

J'ai senti mes orteils se recroqueviller.

– Sur place… Dans son lit ?

– Je n'aurais pas osé le proposer moi-même, mais oui. Tant qu'à m'éviter l'aller-retour, autant poursuivre l'imprégnation. Non ? Appelons ça une « chambre de fonction »… Maintenant, si ça vous ennuie, je prends le canapé, y a pas de souci.

Elle a jaugé l'immobilité de mon visage, bu son café et abrégé ma gêne en se levant d'un bond.

– Allez, je n'ai rien dit. Je débarrasse et je file attraper un bus. Je reviendrai sonner demain à neuf heures et demie.

J'ai voulu atténuer la vexation en disant que je respectais sa conscience professionnelle, mais que, par rapport à ma mère…

– Trop d'émotion réveille les blessures, je comprends. Pardon. J'ai tellement à cœur de vous la rendre, le plus fidèlement possible, que j'en oublie tout ce que ça peut remuer chez un fils unique...

Elle a retiré les assiettes, desservi en un tournemain. Collé à ma chaise par des élans contraires, je l'entendais remplir le lave-vaisselle.

– J'attends juste cinq minutes pour vérifier l'écoulement, mais je ne suis pas inquiète, j'ai remplacé tous les joints

Trois tonnes de culpabilité sur la conscience, je me suis traîné jusqu'à la cuisine pour la remercier de tout ce dérangement.

– Quand on voit le vide de ma vie, a-t-elle souri, ce n'est pas le terme qui convient. C'est vous que je dérange, allez, je le sens bien. On peut tout arrêter, si vous voulez.

Déconcerté par ce revirement qui semblait si sincère, je me suis entendu protester avec une vigueur disproportionnée, qu'elle a calmée du plat de la main sur mon torse.

– Il faut bien que je regarde la réalité en face, Pierre : les points de Simone, ce n'est qu'un détail pour vous. C'est moi qui ai besoin d'en faire un enjeu vital. Désolée.

Je ne savais que répondre. Sa franchise brutale me déstabilisait encore plus que les artifices qui la faisaient jouer si juste. En la voyant briquer la cuisine, retrouver d'instinct les repères de ma mère, sa logique de rangement et quelques-unes de ses maniaqueries – l'éponge verte pour l'évier, la jaune pour le plan de travail, la bicolore pour la poêle à beignets trop grande pour le lave-vaisselle –, je ne me sentais plus d'interrompre le spectacle. Je revoyais le regard si souvent déçu de Simone face à mes réactions de fils indigne, elle qui aimait tellement épater la galerie, elle qui m'avait tant reproché de ne pas la donner en pâture à mon lectorat pour agrandir le cercle de ses admirateurs. Je la réentendais me demander mine de rien, un jour où je cherchais devant elle une idée de comédienne pour l'adaptation d'un de mes livres : « Et moi, qui tu verrais dans mon rôle ? » J'avais séché. Elle aussi. Aucune actrice *banquébeule*, comme elle disait en parodiant mon expression, la bouche en cul-de-poule, ne trouvait grâce à ses yeux. Trop « factice », trop « typée », trop « mémère », trop « boulevard »...

Inutile de se cacher l'évidence : le chemin aussi laborieux qu'intuitif qu'empruntait Lucie Castagnol pour se rapprocher d'elle, reprendre ses marques, s'approprier le personnage et honorer sa mémoire *en situation* n'aurait pas manqué de la séduire, de la flatter, de l'émouvoir – de lui donner, à tout le moins, l'envie de coacher son interprète pour se retrouver pleinement en elle. Si l'« imprégnation » était la clé du rôle, au nom de quoi lui refuser sa chambre ? J'ai dit :

– Je pense qu'elle m'en voudrait de revenir sur notre accord. Faites comme chez vous.

Elle s'est figée, les bras dans le placard aux poêles.

– Vous êtes sûr ?

J'ai confirmé. Le regard noyé qu'elle a tourné vers moi en se relevant m'a broyé les tripes.

– Tu ne le regretteras pas, lapin, je te le promets.

Le phrasé de Simone lui était revenu comme en écho à mon autorisation de séjour. Et le sourire illuminait son visage quand elle a ajouté sur un ton de serment :

– Je serai une vraie mère.

Face à ma crispation, elle a nuancé d'un air qui se voulait modeste mais qui exprimait surtout une intense nostalgie :

– ... ou presque.

Sans transition, elle a envoyé le pied derrière

elle pour refermer le placard tout en dénouant son tablier.

– Allez, je tombe de sommeil et il faut que je sois d'attaque demain : rude journée. Tu peux mettre la télé, ça ne me dérange pas.

Elle m'a tendu le front pour que je l'embrasse. Qui lui avait parlé de ce geste rituel ? Où l'avait-elle vu ? Dans le vieux reportage en famille illustrant l'émission de Drucker sur France 2, neuf ans plus tôt ? Ou bien était-ce simplement *l'inspiration,* l'esprit de l'absente qui suintait de son décor, l'investissant par osmose ? Dans les effluves de Mitsouko, j'ai déposé au ras de la perruque un baiser qui me ramenait trois mois en arrière. Elle a pressé mon épaule et s'est dirigée d'un pas conquérant vers la salle de bains de maman. Par-dessus le bruit des robinets de la baignoire, elle a lancé de sa voix tonique :

– Je me suis permis de descendre à la cave le siège de douche et tout ce qui rappelait le cancer. Je continue de l'incarner *avant*, d'accord ? Elle a toujours été combative, la maladie n'apporte rien de plus au personnage.

La face cachée des souffrances maternelles a de nouveau pris le pas sur les faux-semblants. Je suis allé m'asseoir devant l'écran où j'ai zappé jusqu'à la fin du bain. Quand le « Dors bien, lapin » a retenti du couloir, j'ai murmuré pour moi-même un « Bonne nuit, maman » qui achevait de me réconcilier avec la situation. La porte de la chambre s'est refermée. Avec un soupir de tristesse sans prise, j'ai éteint la salle à manger, ce théâtre désaffecté auquel l'actrice avait brièvement redonné vie.

J'étais en train de me doucher dans la salle d'eau en face de ma chambre, quand on a sonné à la porte. Sans doute les éboueurs. En garant la Fuego, j'oubliais souvent de laisser un espace suffisant pour la manœuvre des bacs poubelles. Le temps que j'enfile mon peignoir, elle m'avait devancé, perruque en bataille, sanglée dans le vieux pyjama Dior en soie grenat que, le lendemain de l'enterrement, j'avais retiré au dernier moment du sac destiné à la Croix-Rouge – cadeau de réconciliation qui avait englouti mes premiers droits d'auteur. Un sourire de tendresse dérisoire a lézardé ma mélancolie, avant de s'effacer dès sa première syllabe.

– Tiph ! Ça alors, si je m'attendais...

Je me suis précipité dans le couloir. Abasourdie sur le paillasson entre sa valise cabine et son fourre-tout en bandoulière, ma femme dévisageait, bouche bée, cette apparition nocturne.

– Vous auriez dû me prévenir, j'aurais mis votre pull en plastoc. Eh ben, lapin, ne fais pas cette tête ! Ce n'est pas non plus une descente de police...

À voir le regard d'incompréhension horrifiée que Tiphaine a lentement tourné vers moi, je me suis dit qu'elle aurait encore préféré tomber sur une maîtresse que sur la réplique de sa belle-mère.

– Eh oui, ça surprend, a gloussé la susdite, mais pas de souci : je ne suis pas une revenante, juste une modeste évocation.

La bouche figée de Tiphaine s'est crispée dans un rictus. Elle a plissé les yeux en cherchant dans les miens une explication. Alors, un fou rire nerveux m'a saisi à la pensée de ce qui devait lui apparaître comme l'hypothèse la plus vraisemblable : j'avais loué une escort vieillissante pour la travestir en fantasme obscène de pervers hitchcockien, version *Psychose*.

– Excusez-le, s'est empressée Lucie en abandonnant sa voix de fonction. En fait, il m'a juste engagée pour que je récupère les points de sa mère en stage de prévention routière. Il voulait vous faire la surprise.

Le « N'est-ce pas ? » qu'elle a ajouté en me prenant à témoin s'est achevé en gargouillis bulleux enfoui dans sa paume, et la contagion de mon fou rire l'a fait courir jusqu'à sa chambre pour y donner libre cours.

– Décidément, a ponctué Tiphaine sur un ton polaire, c'est la soirée des surprises. Désolée si j'ai l'air de débarquer à l'improviste, mais tu n'avais qu'à écouter ta boîte vocale.

Ma crise d'hilarité s'est arrêtée par à-coups dans une montée d'inquiétude :

– Y a... y a un problème ?

– Non, j'ai sauté dans le premier avion et je t'attendais comme une conne sur la terrasse de l'Aston, c'est tout.

– Mais... pourquoi ?

– Pour fêter l'heureux élu, a-t-elle jeté d'un air cinglant en sortant son portable.

Et elle m'a mis l'écran sous le nez. Le texto était daté d'aujourd'hui quinze heures trente.

Bonjour Tiphaine, c'est avec grand plaisir que nous venons de décerner le prix Baie-des-Anges à votre mari. Il ne l'apprendra que ce soir lors de la proclamation au cocktail de l'hôtel Aston, à

20 h, et nous serions ravis que vous soyez parmi nous pour lui faire la surprise. L'organisation du Festival remboursera naturellement vos frais de transport sur présentation des justificatifs. À ce soir, nous l'espérons de tout cœur ! Et ne vendez pas la mèche ☺.

Le jury.

J'ai relevé les yeux, incrédule.

– Ça veut dire quoi, cette connerie ? C'est Jean-Luc Barré qui a eu le prix !

– J'ai vu sur place, oui. Tu imagines ma tête. J'avais annulé trois visios avec Pékin et une cellule de crise chez mon avocat.

– Mais enfin, qui t'a envoyé ce message ?

– Tu le sais, toi ? J'ai confirmé ma présence par retour de texto – qu'est-ce que tu voulais que je fasse ? Tu étais venu pour mon Trophée de la création d'entreprise, je n'allais pas me défiler.

Atterré, je l'imaginais sur le toit-terrasse surplombant le Vieux-Nice, en carafe au milieu des auteurs, des journalistes et des conseillers municipaux.

– Tu le connais, ce numéro ?

– Je ne sais pas.

– Eh ben appelle-le ! a-t-elle enchaîné en s'emparant de mon portable en charge. On verra bien.

Je l'ai regardée pianoter sur mon clavier et taper l'icône verte. Aucun nom n'est apparu sur l'écran à la place des chiffres, tandis qu'une voix de synthèse déclarait que l'abonné Orange ne pouvait être joint.

– Vingt fois que je tombe là-dessus ! a écumé Tiphaine en raccrochant. Alors ?

Tout ce que j'ai trouvé à répondre, c'est qu'elle voyait bien que le coupable ne figurait pas dans mes contacts. Je me demandais vraiment qui avait pu monter ce canular. Certainement pas les membres du jury, qui étaient tout sauf des plaisantins. J'avais agacé quelques confrères à mes débuts, mais je ne faisais plus d'ombre à personne aujourd'hui – à quoi rimait de bananer ma femme pour qu'elle se ridiculise devant le gratin de ma ville natale ? La seule personne que je pouvais soupçonner, à la rigueur, était une influenceuse locale qui, depuis trois ans, me poursuivait de ses assiduités paralittéraires, et que j'avais fini par renvoyer à son blog en lui disant qu'elle avait un charme indéniable, mais que j'étais parfaitement heureux en ménage. Les flèches acérées dont elle avait criblé en représailles mon dernier ouvrage sur ses réseaux sociaux n'avaient pas dû suffire à venger son honneur. Cela dit, je ne voyais pas comment elle aurait pu se procurer le 06 de Tiphaine.

– J'ai poireauté une heure dans ce foutu cocktail, les jurés à qui je demandais des explications me prenaient pour une débile, personne ne savait où tu étais et tu ne décrochais pas, mais ça va, je suis rassurée : tu étais juste occupé en famille. Bravo pour la ressemblance, on la dirait sortie de sa tombe.

– Elle répétait, en fait...

– Le Code de la route, oui, bien sûr. Et tu la loges pour qu'elle retienne mieux.

– Attends, je vais t'expliquer... C'est une amie de tante Josette, une grande actrice en semi-retraite qui a proposé de me rendre service pour le permis, en mémoire de maman qu'elle admirait beaucoup. Allez, viens, on prend un verre tous les trois, elle va te raconter – tu as dîné ?

– Sans façon, merci. J'ai subi l'originale pendant quinze ans, je ne vais pas en plus me cogner la doublure.

Elle empoigne sa valise et redescend les marches.

– Où tu vas ?

– À l'hôtel.

– Mais attends, Tiphaine… C'est juste l'affaire de quatre jours.

– Ok. À mardi.

Statufié sur le perron, je l'ai regardée courir en criant « Taxi ! ». Le van Mercedes qui, après l'avoir déposée devant l'immeuble, redescendait lentement vers le port s'est arrêté. Le chauffeur a sorti la tête et enclenché la marche arrière.

– Tu veux que je la raisonne ? s'est précipitée l'apprentie belle-mère qui avait jailli de la chambre, le maquillage ravagé par ses larmes de rire.

Le temps que je m'arrache à sa main secourable, Tiphaine s'était engouffrée dans la voiture qui avait redémarré en trombe.

– Elle n'a pas changé, a soupiré l'autre. Mon pauvre lapin.

Je l'ai bousculée pour aller me rhabiller, j'ai débranché mon téléphone du chargeur et raflé les clés de la Fuego en lui souhaitant bonne nuit d'un air assassin.

– Je comprends, a-t-elle répondu avec un soupir d'abnégation. Ne t'inquiète pas, je m'occupe du reste.

Dans le rétroviseur, je l'ai vue qui m'envoyait un bisou de soutien du bout des doigts. Et il m'a bien semblé qu'elle souriait tout en refermant la porte.

La plupart des auteurs étaient logés à l'hôtel Aston. Sachant que j'avais un point de chute à Nice, les organisateurs du Festival m'y réservaient néanmoins chaque année une chambre, qui me servait à changer de chemise entre deux suées de dédicaces. La pancarte « Ne pas déranger » oscillait sous la sonnette de la 528. J'ai toqué, discrètement. Tiphaine a crié :

– Casse-toi !

– Non merci. Mais ça ne me dérange pas de dormir devant la porte, la moquette est moelleuse.

Le silence m'a répondu trente secondes, puis le battant s'est ouvert d'un coup, heurtant le coffrage du minibar. Elle était en pull et culotte, pantoufles Aston aux pieds.

– Taré, m'a-t-elle jeté avec une modulation où j'ai cru déceler un retour de tendresse.

Je l'ai serrée dans mes bras, poussée jusqu'au lit où elle s'est débattue en basculant. Bloquée sous mon poids, elle m'a flanqué un coup de boule qui a relâché l'étreinte.

– Je te demande pardon, Tiphaine, ai-je soupiré, la tête sur l'oreiller.

– De quoi ? a-t-elle répondu en me tendant un Kleenex pour éponger le sang de mon nez. Du canular de tes potes ou de cette manip à la con avec l'aut' sosie ?

– On va dire les deux. J'aurais voulu que tu restes en dehors de tout ça.

– Tu aggraves ton cas, Pierre. Je suis quoi, dans ta vie ? Le versant nord, la face cachée de l'auteur, l'éternelle belle-fille à problèmes qu'il faut tenir à l'écart de la resucée de maman ?

– Arrête...

– Non, toi, écoute ! Je n'en peux plus de gérer tout en même temps, mes partenaires qui m'arnaquent, tes contrats d'auteur, tes bouquins en panne, tes ruminations de fils prodigue à deux balles... Elle est morte, putain, paix à ton âme ! Tu avais enfin l'occasion de couper sans remords le cordon ombilical, et tu t'obstines à t'entortiller avec !

– Ne dis pas n'importe quoi !

– Moi, je dis n'importe quoi ? Emmener sa mère au ski en cachette de sa femme, c'est digne d'un homme ?

– Y a prescription, non ?

– Accepter qu'elle te fasse don de son appart en l'excluant de notre communauté pour qu'il revienne à ta cousine germaine si tu meurs sans enfant, c'est digne d'un mari ? Engager une figurante pour reprendre le rôle de la reine mère, c'est digne d'un orphelin ? Franchement, y a des moments, Pierre, j'ai honte de toi. J'ai honte de t'aimer.

– Eh bien arrête !

– Si tu crois que c'est facile, a-t-elle grogné en roulant sur moi pour m'enfoncer un tronçon de mouchoir dans la narine. Prends mon parti, pour une fois, merde !

– Mais ton parti dans quoi, Tiphaine ? J'ai trouvé ça marrant de couillonner l'administration en récupérant les points de Simone, c'est tout, n'en fais pas un plat ! Où est le problème, en quoi ça t'affecte, en quoi c'est contre toi, en quoi c'est un symptôme d'aliénation filiale, un signe d'obsession morbide ?

– Non, tu as raison, faire dormir une inconnue dans le lit de sa mère avec son pyjama, sa perruque et sa voix d'imitatrice, quoi de plus naturel ?

– Elle dit qu'elle a besoin de s'imprégner du décor, point barre.

– Et ça t'a paru vital.

– C'est une sécurité, si jamais il y a des contrôles.

– Des contrôles de quoi ?

– Du fait qu'elle habite bien à l'adresse indiquée... qu'elle est bien la bonne personne. Par rapport au stage.

J'avais conscience de m'enferrer, mais j'en éprouvais une sorte de jubilation revancharde que j'avais du mal à m'expliquer. Pour apaiser les tensions, j'ai caressé la douceur cachemire de son pull en V rouge et bleu – la nouvelle ligne Vittel issue du partenariat avec leur département recyclage des plastiques. C'est moi qui avais trouvé le slogan, en référence à leur célèbre campagne des années 80 : « Portez, éliminez. » Ma seule incursion dans son domaine.

– Tu débloques, Pierre. Si contrôle il y a, ce sera un clic sur l'état civil qui confirmera qu'elle est six pieds sous terre, et vous vous retrouverez tous les deux en taule pour escroquerie en bande organisée. Ok ?

– Super. Comme ça tu demanderas à ton amant d'assurer ma défense.

– Je lui demanderai de me divorcer, oui ! Et pour la centième fois, ce n'est pas mon amant, juste un coup d'un soir pour me venger des sports d'hiver avec maman déguisés en salon du livre à Gstaad. Un coup nul, en plus.

– Et c'est ma faute ?

– On va dire : une circonstance atténuante. D'accord ?

– Écoute, chérie…

Ses lèvres ont étouffé la suite dans un baiser sauvage qu'elle a interrompu d'un coup pour me jeter avec rancune :

– Mais pourquoi je continue à t'aimer, andouille ?

– Je n'ai pas la réponse.

Ses mains ont soudain écrasé mes joues, une lueur de détresse a envahi son regard.

– Si je n'avais pas peur de te faire mal, Pierre, je te dirais ce qui s'est vraiment passé avec Simone.

– Amour, s'il te plaît… La présence de Lucie n'a

rien à voir avec nous. Ce n'est pas contre toi, c'est pour elle. Si tu savais combien elle s'investit dans ce rôle, même si court…

Serrant doucement ses doigts autour de mon cou, elle a tenté de me raisonner d'une façon plus sensuelle :

– Moi, tout ce que je dis, « lapin », c'est pour toi… Fais confiance à mes antennes. Je ne sens pas du tout cette femme.

– Tu l'as vue trois minutes.

– Y a du très glauque en elle, je t'assure. Du vraiment sournois. Et si jamais ta mère nous observe d'où elle est, à Dieu ne plaise…Tu crois qu'elle approuve ?

– Je gère.

– C'est ça, en fait. Okayyy… C'est ta manière de la prolonger. De te dire qu'elle continue de se faire du souci pour toi.

J'ai remonté son pull avec lenteur pour la détourner de ce genre d'interprétation, pas si éloigné hélas de la réalité. Et j'ai murmuré en effleurant le bout de ses seins :

– Ne vois pas tout en noir, mon amour. S'ils l'ont convoquée au stage de récupération de points, c'est bien que, sur le fichier des permis de conduire, ils la croient vivante. Dès lors, vu comme Lucie ressemble aux photos de ses papiers, ils n'auront aucune raison de douter de son identité...

– Ah bon ? Elle n'avait pas les yeux bleus, ta mère ?

– Elle les aura.

– C'est bon. J'abandonne.

Ma caresse s'est intensifiée sur ses hanches, tandis que je descendais sa culotte.

– Tu as tort de te méfier de Lucie, tu sais... Elle a d'immenses qualités humaines.

Elle a bloqué mes doigts.

– C'est toi qui lui as dit de m'appeler Tiph ?

– Pourquoi j'aurais fait ça ?

– Merveilleux, l'instinct d'actrice. Elle a reproduit spontanément le réflexe de Simone, sa façon d'abréger les autres pour se grandir. Je m'incline, elle est trop forte. Tu es sûr que tout cela n'est destiné qu'à regarnir un permis de conduire ?

J'ai soupiré, excédé par ce pinaillage qui me poussait dans mes retranchements en titillant mes propres doutes :

– Concrètement, oui...

– Développe.

– C'est quelqu'un de très bien, Tiphaine, qui se

dévoue pour tout le monde, et avec qui la vie n'a jamais été tendre. Plus personne ne la fait travailler. Elle considère que ma mère, c'est son dernier rôle, son chant du cygne, elle veut se donner à fond.

– Tu la payes combien ?

– Elle m'a demandé trois cent dix-neuf euros – le tarif d'inscription au stage. Et, si tu veux savoir, elle m'a déjà remboursé l'à-valoir en m'invitant à déjeuner.

– C'est du bénévolat, quoi. Logique. On n'attrape pas les mouches avec du vinaigre.

– Arrête… Si tu prends un peu de recul, c'est quand même rigolo comme situation, non ?

– Très. Je suis en train de me faire piquer mon entreprise par mes fabricants chinois, j'avais vraiment besoin de ça pour me détendre.

Je me suis redressé sur un coude et je l'ai dévisagée, inquiet.

– C'est sérieux ?

– Je gère, comme tu dis. Je me défends, j'attaque ma banque et l'INPI qui soi-disant déplore des vices de forme dans mon dépôt de marque et mon brevet de fabrication, je balance trois référés, j'implique les Affaires étrangères – enfin, c'est ce que je serais en train de faire si je n'avais pas tout plaqué pour venir fêter ton prix…

– Mais… tu peux continuer à te bagarrer d'ici, non ? En visio et par mail…

Elle m'a repoussé du genou en redescendant son pull.

– Tu me proposes quoi, là ? Un week-end en famille ? Je sers de répétitrice à Frankenstein Mother pendant que tu dédicaces, et le soir elle nous fait les raviolis de Simone ?

– Écoute, mon ange, tout ce que je te demande, c'est d'être cool avec elle pour ne pas qu'elle se déconcentre…

– C'est-à-dire de m'écraser quand elle me traite comme une merde.

– Ce que tu as fait pour moi pendant quinze ans, je sais. Mais elle n'a rien contre toi, chérie… C'est juste pour la vérité du personnage.

– De ce côté-là, sois tranquille, elle est plus vraie que nature. Tu comptes la loger jusqu'à mardi inclus ?

– Mais non ! l'ai-je rassurée en revenant contre elle. C'est pour la nuit, c'est tout. En fait, ça m'arrangeait, par rapport au dégât des eaux. Elle ouvrira à l'expert.

– Il travaille en nocturne ?

– Il doit passer demain matin, pendant mon direct sur France Bleu.

– Tout va pour le mieux, quoi.

– Quand tu es là, oui.

Je l'ai prise dans mes bras pour clore la dispute.

– Je ne demande qu'à te croire, Pierre. Mais argumente.

Avec ce sens du coq-à-l'âne qui me réjouit autant qu'il m'exaspère, suivant les circonstances, elle a déboutonné mon jean.

– Grave, le dégât des eaux ? s'est-elle enquise d'une voix neutre.

– Attendons l'expertise.

D'une détente brusque, elle s'est agenouillée pour abaisser mon caleçon. Après quelques instants de bons et loyaux services, elle a relevé la tête pour me regarder d'un œil perplexe.

– Tu es avec moi, Pierre ?

– Oui, évidemment...

– Tu me fais quoi, là ? Un œdipe mémoriel ?

Sans me laisser le temps de répondre, elle a renfermé dans le caleçon l'objet du litige, s'est retournée d'un coup de fesses et a éteint sa lampe de chevet en la projetant contre le mur.

– Faites chier, Simone !

Son cri du cœur a résonné dans la pénombre, tandis que je m'efforçais de relancer mon argumentation. Et puis elle s'est endormie. Essayant de ne pas entendre en écho le « Je t'avais prévenu » par lequel ma mère soulignait toujours les orages que son attitude provoquait chez Tiphaine, je l'ai veillée un long moment, l'amour en berne, me demandant qui de nous deux renoncerait le premier à sauvegarder notre couple.

Le bruit d'un marteau piqueur m'a réveillé dans un rayon de soleil. J'étais seul sous la couette. À la place de la valise cabine, sur le fauteuil, il y avait la carte de bienvenue du directeur de l'hôtel, au dos de laquelle j'ai lu :

Tu n'es plus avec moi, Pierre. C'est quoi notre avenir, pour toi, réinventer le passé ? Réécrire ta mère sur le vif en dirigeant sa remplaçante ? Fuir la réalité une fois de plus à la poursuite d'un «sujet» ? Si ta manière de faire ton deuil c'est de te fabriquer une Simone bis, je ne vois plus où est ma place dans ta vie. Je quitte le navire, je te laisse sombrer dans l'entre-deux-mères.

Son portable était sur messagerie, et le concierge de l'Aston m'a confirmé qu'il lui avait commandé un taxi pour l'aéroport. Je ne me suis pas trop alarmé, sur le moment. Ce n'était pas la première fois, loin de là, qu'elle quittait Nice sans moi sur un coup de tête à cause de mon rapport à sa belle-mère. Et puis le conflit avec les Chinois requérait toute sa concentration... La sonnerie du téléphone m'a fait bondir. C'était la journaliste de France Bleu qui, dans son studio mobile du jardin Albert-Ier, s'angoissait pour notre direct.

J'ai pris une douche en quatrième vitesse, couru au Festival, bataillé avec le vigile sanitaire qui me réclamait mon QR code en plus de mon badge et de mon bracelet bleu, et j'ai repris mon souffle devant le micro en débitant, l'esprit ailleurs, des banalités de rigueur sur mon livre de l'an dernier.

Avant de regagner mon stand où patientaient une dizaine de personnes, j'ai rallumé mon portable. Aucun message, aucun appel en absence. Trois dédicaces plus tard, l'appareil a vibré entre mes piles de livres, mais ce n'était pas Tiphaine.

– Bien dormi, lapin ? J'ai fait un sans-faute avec l'expert, il m'a bu trois cafés et il s'est régalé avec ma tarte. Résultat : défaut de construction, vice d'origine dans la pose de la canalisation, il envoie son rapport à la copropriété et c'est elle qui paye ! Content ?

– Ravi.

Sa fierté était si claironnante que je me suis dispensé de rappeler que la copropriété c'était moi aussi – divisé par trois, certes.

– Et comment va Tiph ?

– Elle t'embrasse. Pardon, je suis en signature.

– Tu rentres manger ?

– Non merci.

– Pas de quoi. Je n'ai pas le temps, de toute façon, il faut que je parte.

Inquiété par sa voix qui, après avoir forcé le ton dans l'allégresse, venait de dérailler sur la dernière phrase, j'ai demandé :

– Un problème ?

– Rien qui te concerne directement. Le monde continue de tourner, je ne vais pas non plus passer ma vie dans la peau de ta mère. Je finis de faire la salle de bains, je change les draps et j'y vais, je te rappelle quand je peux. À plus.

Et elle a raccroché. J'ai reposé mon portable, incertain. D'un côté j'étais rassuré de la voir prendre ses distances avec le rôle, de l'autre j'aurais préféré qu'elle s'incruste, qu'elle invente des prétextes et de nouvelles urgences pour demeurer à domicile, histoire de donner raison à Tiphaine – seul moyen, je le savais, de nous réconcilier dans l'immédiat sur le dos de l'envahisseuse.

– Pour Gisèle, m'a soufflé une grosse dame en repoussant sa voisine avec un de mes romans, j'étais là avant. Vous mettez : « En amical souvenir de la ligne 2. » Il m'en est arrivé une bien bonne, à cause de vous, pendant que je vous lisais dans le tram.

Le député local avait épuisé son stock et la vedette de télé faisait la grasse matinée : sur le stand épargné par la cohue, mes acquéreurs avaient tout loisir de me raconter leur vie. J'écoutais, pas très frais mais dispo. Leurs confidences m'aéraient la tête, me détournant un temps de mes dilemmes et des remises en question auxquelles je rechignais. Mais le ton décalé de la comédienne me taraudait et, à midi moins le quart, j'ai foncé récupérer la Fuego devant l'hôtel pour faire un saut à l'appartement. Je l'ai trouvée en pleurs sur la table de la cuisine, les doigts crispés sur le *Nice-Matin* dont je n'avais pas encore pris le temps de résilier l'abonnement.

– Qu'est-ce qui se passe, Lucie ?

Elle a jailli de sa chaise pour défroisser le tailleur gris et m'a enlacé en me demandant pardon.

– De quoi ?

– Pardon pour Tiphaine, a-t-elle hoqueté. J'ai trop honte…

– De quoi ? De l'avoir traitée comme l'aurait fait maman ? C'est ce que tu appelles la vérité du rôle, non ?

Je l'ai sentie se crisper contre moi. J'avais pourtant employé sans le faire exprès un ton de gentillesse qui aurait dû atténuer ses remords.

– Le problème n'est pas là, Pierre. Impossible de te raconter… C'était trop fort, cette nuit, ce que j'ai vécu… C'était trop horrible. Je ne peux pas rester et, en même temps… je n'arrive pas à partir.

J'étais incapable de me détacher, moi aussi, pétrifié dans l'atmosphère saturée de Mitsouko. Les rares fois où elle avait craqué ainsi dans mes bras, ma mère s'était pareillement aspergée d'une triple dose de parfum pour, je suppose, diluer sa solitude et sa détresse dans ces fragrances mondaines.

– Je suis bouleversée, Pierre, a-t-elle repris en me repoussant brusquement, comme si c'était moi qui la retenais.

– Qu'est-ce qui s'est passé, Lucie ?

Un éclair de dureté a traversé son regard. Elle a baissé les yeux.

– Je me forçais à lire le journal du début à la fin, pour ne plus penser à ce qui m'est arrivé cette nuit, et voilà sur quoi je tombe.

J'ai compris tout de suite en voyant la photo des vieilles serres abandonnées, leurs volutes vert sombre en fer forgé colonisées par le lierre et les ronces. Titré « La fin d'une époque », l'article de la page *Nice-Ouest* annonçait que les anciennes Jardineries du Midi seraient rasées à compter du 21 septembre. Ce n'était pas vraiment une surprise. Quand les studios de la Victorine étaient devenus une régie municipale, la mairie avait repris l'établissement horticole en friche depuis sa liquidation judiciaire. Alors ma mère, à la tête d'un comité de défense, s'était acharnée à faire classer monument historique son ancien lieu de travail : les neuf serres inaugurées en 1860 par Napoléon III. Non seulement tous ses recours avaient échoué, mais l'augmentation actuelle du nombre de tournages nécessitait le nettoyage du site afin d'y créer des places de stationnement.

– C'est un signe, Pierre. J'ai beau me dire que c'est son purgatoire, que c'est le prix à payer… Ce sera pire qu'une seconde mort. Je ne veux pas vivre une chose pareille...

M'efforçant de respecter les rouages d'une logique d'actrice poussée jusqu'à l'absurde, je lui ai rappelé que le stage de récupération de points se terminait mardi soir, ce qui marquerait la fin de son rôle. Elle ne serait donc plus dans la peau de ma mère lorsqu'on lui démolirait son décor.

– Mais c'est mardi, le 21 ! m'a-t-elle objecté, véhémente. Justement ! Je n'aurai jamais la force d'assister au stage...

J'ai rentré les ongles dans mes paumes pour rester calme.

– Écoutez, Lucie, vous n'allez pas laisser un hasard de calendrier vous...

– Ce n'est pas ça ! L'idée de me produire en public, là, tout à coup... Je trouve ça tellement dérisoire par rapport à la situation... Pour ne pas dire indécent.

Elle s'est mise à arpenter la cuisine, s'échauffant toute seule, se cognant dans les chaises et les ustensiles. Une bouteille de Mumm vide que je n'avais pas remarquée a roulé contre le frigo, fauchée par ses bottines.

– Je n'ai plus ma place dans ce monde, la voilà, la

vérité ! Les gens ne veulent plus de moi, eh bien moi aussi je les raye de ma tête ! Pourquoi je devrais m'obstiner, encore et toujours ? M'abaisser à mendier le pardon d'un crétin de la Prévention routière – non mais, stop ! On est où, là ? Tous autant que vous êtes, vous ne méritez pas le mal que je me donne ! Combien de temps je vais encore me ruiner la santé, hein ? Et pour quelle récompense en retour ? Dis-moi, vas-y ! Qui lève le petit doigt quand c'est moi qui ai besoin des autres ?

Ce cri du cœur que j'avais entendu si souvent, à la fin des repas de fête dont la préparation lui avait coupé l'appétit, ce débordement d'agressivité quand la crue de champagne atteignait la cote d'alerte… Je suis resté sans voix devant un tel mimétisme. Elle avait raison, mieux valait en rester là. Je vendrais la Fuego sur leboncoin pendant qu'on détruirait les Jardineries du Midi, j'accepterais l'offre d'achat des Russes, mon deuil serait consommé et je pourrais me consacrer tout entier aux vivants – à Tiphaine en premier lieu, si mes conneries de fils à maman étaient rattrapables. Mais l'intermittente en rupture de contrat, constatant que la portée de ses arguments avait vaincu ma résistance, a soudain fait machine arrière, par déontologie ou par pitié.

– Allez, d'accord, a-t-elle cédé, les mains crochetées sur mes épaules pour reprendre son souffle. J'essaierai quand même de vous récupérer ses points. Enfin, je vais tâcher de me remettre en condition… Mais je ne vous promets rien, monsieur Pijkswaert. Dans le doute, je vous ai laissé sur la commode de sa chambre les quinze euros qui me restaient de l'à-valoir.

D'un geste sec, elle a coupé court à mes protestations.

– Je préfère ! Sinon, ça ajoutera l'obligation morale à la pression intérieure, et là… Ingérable. Bon, j'y vais ! Les clés sont dans le cache-pot. Je vous appelle, je vous tiens au courant de ma décision. Au pire, je porterai le tailleur au pressing et je leur demanderai de vous le faire livrer – c'est la moindre des choses, en cas de dédit.

– Pardon, Lucie, mais quand vous dites « la pression intérieure »…

– Non, non, ne me posez plus de questions. Merci. Je prends le bus, je retourne chez moi, tout va bien, je vous assure. J'ai lavé les draps, la serviette et le pyjama, ils sèchent dans la salle de bains, on s'en tient là, promis ?

– Comme vous voudrez.

– Allez, bon appétit, j'ai tout mis au frigo.

Et elle a couru récupérer son sac sur la console de l'entrée. Le claquement de la porte a fait tinter le couvert qu'elle avait dressé pour moi au salon, face à la mer. Que faire ? Courir à sa poursuite, la ramener, ajouter une assiette et lui déboucher une autre Mumm pour l'aider à m'avouer ce qui lui était arrivé la nuit dernière ? Mes yeux restaient rivés sur le cristal, l'argenterie, le rond de serviette en olivier gravé *Pierre* que je n'avais plus vu depuis mes quinze ans… Le cœur en vrille, je me repassais malgré moi sa scène d'adieux, dont la sincérité vibrante était peut-être l'aboutissement de longues heures de répétition.

Quand je suis sorti de la torpeur angoissante dans laquelle m'avait plongé ce face-à-face, mon premier mouvement a été de me diriger vers le réfrigérateur. Il était rempli de plats à réchauffer garnis de Post-it indiquant la température du four. Le spectacle de ce rituel maternel qui, les trois dernières semaines de sa vie, avait précédé chaque hospitalisation, m'a coupé les jambes. Je me suis laissé tomber sur la chaise encore chaude, j'ai goûté dans la barquette d'aluminium les courgettes et les oignons farcis. C'était exquis. Idem pour la ratatouille, dont je retrouvais tous les arômes, toutes les saveurs issues des cuissons séparées. Avait-elle passé la nuit à refaire sans trêve les recettes du cahier pour arriver à ce point de perfection dans le copier-coller ? La poubelle était pleine de ses brouillons.

Parti de l'hôtel en catastrophe sans petit déjeuner, j'ai dévoré, attaquant les six plats en même temps. Puis, je suis allé dans la chambre où elle avait dormi. Tout était impeccable. Le couvre-lit n'affichait pas un pli, chaque objet, chaque meuble était à sa place. Aucun signe de présence, aucune trace de son passage. Hormis les billets de banque sur la commode chinoise qui renfermait en vrac les photos de famille que ma mère ne classait jamais, tout demeurait dans l'état où j'avais figé le musée de sa fin de vie.

Un vertige m'a pris, la sorte de malaise en creux qui précédait chacun de ses éclats, lorsque je sentais les rancœurs retenues fissurer le barrage de sa fierté. Ravivée par les inflexions de son interprète, sa voix résonnait comme au présent. « Laisse-moi tomber complètement, si pour toi je ne suis qu'un poids mort, si je n'ai plus ma place dans ta vie, si tu te forces à venir, vas-y, disparais avec ta Tiph qui ne cherche qu'à t'avoir pour elle toute seule, je m'en remettrai, mais si tu coupes les ponts, je te préviens, c'est pour de bon ! » Voilà que la chambre soudain ne voulait plus de moi, voilà que l'appartement me signifiait mon congé, ordonnait mon expulsion – ou du moins le retour du fantôme en chair et en os que j'y avais introduit malgré moi. C'était comme si l'esprit de ma mère, ramené sur terre par la concentration et les états d'âme de la comédienne qui l'incarnait, me rendait coupable de sa défection, me réclamait son dû. « Au moins, elle me comprend, elle ! » entendais-je en boucle dans ma tête.

Pris en étau entre la voix mise à jour par les imitations de l'actrice, le parfum qui avait repris possession de l'appartement et les spécialités d'antan qui me remontaient à la gorge, j'ai couru dans la salle de bains où j'ai vomi tripes et boyaux.

Confus mais délivré de cette espèce de transe qui s'était emparée de moi, j'ai tout nettoyé à la javel, je me suis brossé les dents, puis j'ai fui ces lieux qui me paraissaient désormais hantés par l'absence de

Lucie. Un dernier regard pour la cuisine où gisaient les plats entamés que personne ne me mettrait plus en demeure de finir, et j'ai refermé la porte de ce mouroir brièvement ranimé, qui à présent m'apparaissait encore plus vide et désespérant qu'au retour de l'inhumation de Simone.

Quand j'ai rejoint la plage du Ruhl pour le déjeuner des auteurs, une fringale irrépressible m'a pris. J'ai raflé tout ce qui restait au buffet, comme s'il était urgent de retapisser mon estomac de nourriture impersonnelle pour effacer la nausée punitive qui continuait de m'oppresser. Je m'empiffrais sous l'œil narquois de mes congénères qui, rissolant au soleil, finissaient les bouteilles en rivalisant de blagues épaisses et de potins germanopratins. Et, cette fois, j'ai parfaitement digéré. À peine la nostalgie de ne pouvoir retrouver Tiphaine sous la couette de l'Aston pour une sieste crapuleuse me gâchait-elle l'insouciance inespérée de cette trêve. J'avais compris la leçon. Il ne faut pas réveiller les fantômes, il ne faut pas tenter de les mettre en scène, surtout pour un enjeu aussi mineur. À quoi

Lucie faisait-elle allusion, quand elle parlait de choses « horribles » qu'elle avait vécues durant la nuit ? L'incarnation du personnage s'était-elle transformée en véritable phénomène de possession ?

*

Une heure après le retour sur les stands, l'ambiance s'est singulièrement gâtée. Un cortège bruyant avait envahi la place Masséna, et les manifestants entreprenaient de forcer l'entrée du Festival interdit aux sans-passe, neutralisant les scanners de QR codes à grands jets de pistolets à peinture. Avec une efficacité spectaculaire, les autorités avaient aussitôt exfiltré de l'enceinte les non-badgés et refermé les grilles du jardin : nous restions entre nous, stylo en suspens, privés de public dans les relents de gaz lacrymogène que rabattait le mistral.

M'approchant de l'entrée pour contempler l'échauffourée qui redoublait de vacarme sur la place, j'ai découvert avec stupeur, au milieu d'un groupe de vétérans, Lucie Castagnol. En train de repousser un CRS à coups de fauteuil roulant cabré, elle lui visait les tibias avec les repose-pieds de son vieux pianiste du Serena Palazzo qui, drapé dans l'écharpe rouge et noir de l'OGC Nice, scandait en boucle d'une voix de crécelle : « Mort – au passe – na – zitaire ! » Tandis que le commando de papys-mamys se faisait refouler en douceur par les boucliers anti-émeute, sa meneuse a croisé mon regard derrière les grilles. Aussitôt, elle a eu un geste rassurant pour me désigner son survêt et ses courts cheveux roux, comme si elle voulait souligner qu'elle avait à cœur de ne pas impliquer ma mère dans ses combats sociaux.

Je suis retourné à mon stand, confondu par la vision de cette virago méthodique qui, avec le plus grand naturel, avait succédé à la comédienne en déroute à l'approche de la représentation. Qui était réellement cette femme, où était sa vérité, dans quel réservoir d'émotions puisait-elle son identité profonde – l'empathie de l'interprète ou l'ascendant de la manipulatrice ?

Le calme est revenu au bout d'un moment sur la place Masséna, tandis que la rumeur des mégaphones et des coups de trompe s'éloignait entre les rails engazonnés du tram, en direction de la place Garibaldi. Le service d'ordre a rouvert les portes au public et les dédicaces ont repris.

– On a ça tous les samedis, nous a rassurés la libraire qui tenait notre stand.

En fin d'après-midi, comme la chaleur étouffante ne cessait d'empirer au détriment de mes ventes et que Tiphaine ne répondait toujours pas à mes textos, j'ai levé le camp en souhaitant bon courage à mes voisins, et j'ai repris le volant dans les bouchons en direction de Riquier.

– Gel hydroalcoolique, m'a rappelé la cerbère masquée derrière sa vitre de contrôle dans le grand hall néo-rococo du Serena Palazzo. Et n'oubliez pas de vous inscrire, vous venez voir qui ?

J'ai actionné la pompe à gel qui a giclé sur mes chaussures, marqué mon nom et celui de ma tante, grimpé les trois étages pour échapper aux lenteurs surpeuplées de l'ascenseur. Arrivé devant chez Josette, je suis allé coller mon oreille à la porte d'en face. Aucun bruit. J'ai pressé la sonnette. Pas de réponse. La résistance de la poignée en laiton m'a confirmé que Lucie n'était pas dans son studio. Pourtant, j'avais reconnu en passant devant la salle des goûters-spectacles trois ou quatre manifestants de la place Masséna qui reprenaient des forces dans leurs tisanes. Revenant sur ses propos démissionnaires, leur meneuse était-elle retournée m'attendre sur son lieu de répétition ? Maintenant que j'y repensais, je ne me souvenais plus d'avoir vu, en quittant l'appartement après elle, son double de clés dans le cache-pot.

Je toque chez Josette avant d'entrer. Le salon-cuisine est vide, ainsi que la chambre. Je la découvre figée de travers sur les toilettes, la tête contre le mur et le regard fixe, encadrée par son auxiliaire de vie et son médecin.

– Comment vous appelez-vous ? lui demande lentement le Dr Shangore.

Pas de réaction. Avec un geste de douceur concentrée m'invitant à rester sur le seuil, il repose sa question d'un ton plus ferme.

– Georges Toumou ! s'écrie-t-elle avec la fierté claironnante d'une championne de jeu télé.

Il tourne vers moi un regard incertain. Je confirme que c'était le nom de son père.

– Et votre maman ? enchaîne-t-il.

– Simone !

– Malaise vagal, me rassure-t-il tandis qu'il aide Indra à la mettre au lit en surélevant ses pieds. Elle en fait un ou deux par semaine en ce moment, mais d'habitude elle se remet plus vite. Ma fille m'a appelé, je suis arrivé tout de suite.

– Ce qui marche bien, pour la stimuler, me glisse Indra, ce sont les proverbes. Sa mémoire de maîtresse d'école est la plus forte. « Qui vole un œuf…

– … vole un bœuf ! » glapit Josette, petit moineau décharné réclamant sa pitance.

L'auxiliaire de vie me passe la parole d'un mouvement fluide. Je lance :

– « Il ne faut pas avoir les yeux…

– … plus haut que son cul ! »

– Les variantes sont toujours un bon indice de connexion, sourit le médecin en lui prenant le pouls. Indra, tu veux bien aller lui racheter du Lambrozanole ?

– Tout de suite, papa, module-t-elle en ondulant de son pas lymphatique jusqu'au portemanteau du salon.

– C'est bien que vous soyez passé, me déclare Shangore lorsqu'elle est sortie. Sinon, je serais venu vous voir au Festival.

Je hausse un sourcil, étonné. En dehors du cholestérol héréditaire de mon enfance dont il m'a délivré par des gélules de curcuma, il ne s'est jamais vraiment intéressé à ce que je produis. Ma mère voulait toujours que je lui envoie mes romans dédicacés pour être sûre de rester prioritaire au sein de ses patients – alors que, sorti de ses revues de médecine, il n'avait d'yeux que pour elle. Mais ça ne suffisait pas à la rassurer : si elle était certaine de l'admiration qu'elle suscitait, elle n'éprouvait en revanche aucune confiance dans la fidélité des gens, dès lors qu'elle leur demandait autre chose que de s'asseoir à sa table.

– Je voulais vous parler de Lucie Castagnol, attaque-t-il à mi-voix en gonflant le brassard du tensiomètre. Ma fille l'aime beaucoup, mais, sans trahir le secret médical, je vous conseillerais de vous méfier.

Un petit pincement se réveille dans mon estomac.

– Me méfier de quoi ?

– C'est une éponge empathique qui absorbe vos émotions et vous charme en vous les renvoyant – je suppose que vous l'avez remarqué. 12-8, c'est parfait.

L'ascète longiligne aux cheveux gris serrés dans un catogan replie son tensiomètre sans me quitter des yeux.

– Ses prises de position publiques contre les injections expérimentales, par exemple... C'était destiné à nous mettre dans sa poche, Indra et moi.

En fait, elle est pfizérisée triple dose pour pouvoir continuer ses activités artistiques.

Un élan spontané me fait prendre la défense de la comédienne :

– Et alors ? Elle n'est pas obligée d'être la même à la scène et à la ville.

– C'est bien là le problème. Ne vous méprenez pas sur mes propos : elle croit de bonne foi en sa sincérité. Mais, si on la contrarie, elle peut devenir violente. Du moins, on l'en a accusée.

Je fronce les sourcils, déconcerté par le ton du praticien qui ne m'a pas habitué à teinter de suspicion son aura de sagesse hindoue.

– Un de mes confrères soignait l'homme chez qui elle vivait auparavant, à Tourrette-Levens. Un veuf dont elle s'était mis en tête d'adopter l'enfant – d'être pour lui une seconde mère, en tout cas. Exercices de diction, cours de théâtre, castings... Ça s'est très mal passé. L'adolescent l'a envoyée paître, alors Mme Castagnol l'aurait poussé dans l'escalier de la maison. Trois côtes cassées. J'ignore si c'est vrai, mais le père a pris le parti de son gamin : ordonnance d'éloignement et ainsi de suite.

Il me laisse méditer l'information trois secondes, puis reprend :

– C'est là qu'elle est venue s'installer au Palazzo, et qu'elle s'est liée à un certain nombre de personnes intéressantes pour elle : Indra, qui lui surveille son diabète, Louis Mangiafan, le goal mythique de l'OGC Nice dans les années 60 qui l'accompagne gratuitement au piano, et bien sûr votre tante... – du moins en tant qu'intermédiaire dans sa fascination ostentatoire pour votre maman.

Il pose une main désolée sur mon épaule, et je souris discrètement pour accuser réception du message. La dévotion qu'il a lui-même témoignée à sa regrettée patiente peut justifier une telle mise en garde, inspirée par la jalousie ou bien le chagrin de voir son inaccessible idole parodiée par une comique de maison de retraite.

– Mais bon, je ne vous ai rien dit. Tant qu'on accepte la sollicitude de Mme Castagnol et qu'on lui en sait gré, c'est visiblement une excellente personne, d'une efficacité sans conteste. À vous de voir. Cela étant, si je puis me permettre de vous donner le fond de ma pensée...

– Donnez.

– Ce n'est pas le rôle de Simone qui la fait saliver le plus, c'est son appartement.

– Comment ça ?

– Cette résidence est devenue très au-dessus de ses moyens. À cause de tous ses spectacles annulés par les confinements et autres oukases sanitaires, elle a trois loyers de retard. Mais j'espère me tromper.

Pranal Shangore a remonté l'édredon jusqu'aux épaules de ma tante, refermé sa trousse en cuir antédiluvienne et m'a salué de ses mains jointes sous le menton avant d'aller continuer sa tournée du samedi. Je l'ai raccompagné jusqu'à la porte, j'ai regardé sa longue silhouette familière s'éloigner dans le couloir. Pris d'une inspiration soudaine, j'ai sorti mon téléphone pour faire défiler sur l'écran la liste des appels sortants. Je me suis arrêté sur le numéro inconnu que Tiphaine avait saisi la veille au soir sur mon clavier, j'y ai posé mon pouce. Une musique d'opérette a retenti aussitôt, mais elle ne provenait pas de la poche du soupirant de ma mère en train de marcher vers l'ascenseur. Alors, l'évidence m'a sauté à l'oreille, dans toute son absurdité. Shangore avait raison. Et Tiphaine aussi, quand elle m'avait alerté sur le côté « glauque sournois » de la doublure que j'avais engagée. Les dents serrées, j'ai interrompu l'appel.

– Qui est là ? a clamé ma tante de sa voix de fausset.

Je suis revenu à son chevet, lentement.

– Ce n'est rien, Josette, c'est moi.

– Ah oui, a-t-elle souri, dans le doute. C'est la nuit ?

– Presque. « Bien mal acquis...

– ... n'amasse pas mousse ! »

Je suis resté quelques minutes au bord de son lit médicalisé, sa main dans la mienne, attendant que mon souffle se calme. Ce n'était pas le portable de Lucie Castagnol qui avait envoyé le texto mensonger à Tiphaine, puisque son numéro figurait dans mes contacts. Sans doute s'était-elle procuré un téléphone prépayé pour monter ce qui, désormais, ne pouvait plus se réduire à un simple canular.

Lorsque Josette s'est endormie, je suis sorti sur la pointe des pieds pour en avoir le cœur net. Devant la porte de la comédienne, j'ai rappelé le 06 inconnu. La mélodie guillerette a retenti à nouveau, mais ce n'était pas dans son appartement.

Presque moins soulagé que déçu par l'inanité de mes soupçons, je suis parti dans le couloir en suivant le volume de la musique. Dès qu'elle s'est tue pour laisser place à la messagerie anonyme, j'ai réitéré l'appel qui m'a conduit jusqu'au 322, en face de l'ascenseur. Aucun bruit n'a succédé à l'intro d'opérette. La porte n'était pas fermée à clé. J'ai refait le numéro et je me suis glissé sur la pointe des pieds dans le studio où un vieil homme tourné vers la fenêtre ouverte ronflait, indifférent à la ritournelle qui s'échappait de la sacoche du fauteuil roulant garé contre son lit. C'était Mangiafan, l'ancien gardien de but avec lequel Lucie repoussait les CRS, trois heures plus tôt.

Je suis ressorti. Restait à comprendre le sens du stratagème. Ma mère, de son vivant, avait-elle remonté Lucie contre ma femme au point de lui donner envie, une fois dans sa peau, de fomenter ce traquenard ? Mais quel était le but ? Faire débarquer Tiphaine à l'improviste pour qu'elle nous surprenne, pour qu'elle découvre jusqu'où m'avait conduit mon obsession de la figure maternelle : fabriquer un clone et l'installer à domicile ? La comédienne avait-elle orchestré sciemment les tensions et l'éventuelle rupture qui s'ensuivrait ?

J'étais perplexe. Si ma mère était son « ultime création », comme elle le proclamait avec tant de ferveur, j'avais du mal à croire que l'enjeu puisse se limiter à briser mon couple, même si elle s'était mis en tête d'accomplir sur place les dernières volontés de la défunte. Son besoin d'emprise affective prenait-il le pas sur son idéal d'actrice ? À moins que son objectif ultime, comme le soupçonnait son médecin, ne fût d'être logée gratuitement dans une « chambre de fonction », assurant le gardiennage et la maintenance d'un intellectuel paumé en instance de divorce, incapable de gérer seul le quotidien...

J'en étais là de mes réflexions quand l'intéressée, dans son jogging de manifestante anti-passe, est sortie de l'ascenseur avec un chariot à roulettes sur lequel était posé un grand sac isotherme Super-U.

– Pierre ? Décidément, on ne se quitte plus.

Elle faisait semblant de s'en réjouir, mais je la sentais sur la défensive. Elle a enchaîné en tirant son chariot :

– Si c'est pour me reprocher d'avoir envahi ton Festival, dis-toi que je fais ça pour tes lecteurs. Ça ne te gêne pas, toi, le tri sanitaire ? Elle est où, la France de Molière et de Victor Hugo ? Moi je trouve ça indigne de nous discriminer, d'interdire l'accès à la culture aux gens bien portants qui refusent de servir de cobayes à Big Pharma ! Non ? Tu t'en fous ?

Comme je la toisais sans répondre, elle a frappé

à une porte et tendu à la vieille résidente en déambulateur un pack de yaourts, trois plaquettes de jambon et un paquet de biscottes en beuglant :

– Dix-sept euros soixante, Yvonne, je les ai mis sur ton compte et les centimes sont pour moi ! D'ailleurs les CRS sont avec nous, a-t-elle repris à volume normal, ils font semblant de nous repousser pour ne pas avoir d'emmerdes, mais ils nous soutiennent sur Internet. Bonne soirée, Yvonne, et regarde la Une, ce soir, tu as *The Voice Kids.*

Tandis qu'elle se dirigeait vers la porte suivante pour continuer à distribuer ses courses, je lui ai attrapé le bras et je l'ai retournée vers moi.

– Qu'est-ce que tu as en tête, exactement ?

– Livrer mes surgelés avant qu'ils dégèlent, pardon, ça urge.

– C'est quoi, l'objectif, par rapport à ma femme ?

Elle a à peine tressailli, mais les mots tremblaient dans sa voix qui se voulait neutre :

– Tiphaine vous a appelé ? Ah, je suis contente. Elle est bien rentrée ?

Le retour soudain au vouvoiement était pour moi le plus clair des aveux.

– Comment tu sais qu'elle est repartie ?

Sans se démonter, elle a répondu du tac au tac :

– Elle est venue chez vous, ce matin, avant de prendre son avion, pour me parler de femme à femme.

– Quoi ?

– « Vous voulez jouer Mère Courage ? Voilà deux, trois éléments pour étoffer le personnage. » Et elle m'a dit tout ce qu'elle avait sur le cœur. Tout ce qu'elle gardait pour elle depuis le mariage.

Je la fixais, abasourdi.

– Vous n'imaginez pas ce que Simone lui a fait subir ! Elle ne vous en a dit que le quart. Tiens, le pire, vous savez ce que c'est ? À Noël 2013, quand vous l'avez invitée chez vous à Paris pour changer de ses réveillons à douze personnes, elle faisait sa charmante avec Tiphaine en votre présence, mais dès que vous étiez reparti dans votre bureau, c'était l'horreur. La gueule, les sous-entendus, les allusions fielleuses : « Ah bon, vous avez une réunion de travail le 24 décembre ? », « Je suppose qu'avec les années qui passent et votre bizness de fringues vingt-quatre heures sur vingt-quatre, je dois renoncer à l'espoir d'être grand-mère ? », et tout le tintouin…

Elle a rattrapé de justesse le sac isotherme qui

tombait du chariot, sans ralentir le débit de sa tirade.

– Un matin à sept heures, Tiphaine la trouve en train de lui retourner sa cuisine. « Naturellement, vous n'avez pas de levure. » Alors elle a craqué : « Si, j'en ai, Simone, et vous me faites chier ! – Je sais ! a triomphé l'autre. C'est vous qui empêchez mon fils de venir à Nice ! Pire, vous me le rendez stérile ! – Hein ? – Qu'est-ce qu'il a écrit de bien, depuis que vous êtes dans sa vie ? Qu'est-ce qui a marché, à part la mort de son père qui a dépassé les cent mille ? C'est vous qui lui interdisez d'écrire sur moi, je le sais bien, c'est vous qui le privez du best-seller que les gens attendent ! Vous le stérilisez, et moi, si un jour je fais un cancer, je saurai d'où il vient ! Comme ça, vous l'aurez pour vous toute seule ! »

Atterré, je regardais le rictus de Simone déformer ses traits, ce rictus des jours de grand déballage, quand le vernis social cédait sous la pression des colères rentrées.

– Tiphaine en a fait une vraie dépression, que vous n'avez même pas remarquée, tellement vous étiez focalisé sur la santé de Big Mother ! Alors qu'il était bénin, à l'époque, son kyste au foie

– mais c'était son arme ultime. Comme quoi, faut pas jouer avec le feu !

J'étais anéanti. Tout ce que je m'étais refusé à conclure des réactions de ma femme, depuis que j'avais découvert fin mai la tumeur maligne que Simone nous avait cachée, toutes les interprétations que j'avais refoulées revenaient me prendre à la gorge.

– C'est ça que j'ai senti cette nuit, dans son lit, cette haine ! Elle m'a montré en rêve tout ce qu'elle a fait dans le but de saborder votre mariage, et elle m'a suppliée de réparer ses torts pour que son âme soit en paix. Voilà ! Mais je suis comédienne, moi, pas exorciste ! J'ai consolé Tiphaine, je lui ai promis de nettoyer l'empreinte maternelle une bonne fois pour toutes, c'est ce que je suis en train de faire, alors *basta* ! Vendez son appart, bazardez sa Fuego et sautez dans le premier avion pour aller rejoindre la femme qui vous aime – la seule qui compte ! C'est clair ?

Dépassé par le torrent de violence qui s'échappait de ses lèvres, j'ai repris l'avantage d'un ton cinglant :

– C'est pour ça que tu t'es fait passer pour le jury Baie-des-Anges ?

Elle m'a regardé comme un accusé qui invente n'importe quoi dans l'espoir de détourner les soupçons.

– Qu'est-ce que tu racontes ?

– Le texto bidon qui a fait venir Tiphaine. C'est le portable de ton pianiste qui l'a envoyé, donc c'est toi.

Elle est tombée des nues, à son tour. Sa stupeur sonnait juste, mais j'avais déjà pu apprécier son redoutable génie de l'impro.

– Non ? Ne me dis pas qu'il a fait ça !

– Arrête ! Comment ton Mangiafan aurait-il pu se procurer le numéro de ma femme ?

– Et moi ?

– Dans le répertoire de Simone, sur la commode chinoise. Dès que je suis parti signer au Festival…

– Je ne te parle pas de Mangiafan, mais de Shangore ! C'est son médecin traitant à lui aussi : rien de plus facile que de lui emprunter en douce son portable.

– Ah oui ? Et le motif ?

– Il n'était pas en adoration devant ta mère, le bon docteur ? Il ne m'a pas dézinguée auprès de toi, tellement ça le révulse que je me glisse dans la peau de sa déesse aux douze bras ? Mais si, bien sûr ! Il m'a vue m'entraîner devant Josette, hier matin... Il s'est dit : Foutons la merde en faisant débouler la belle-fille.

Je ne savais plus quoi répondre. Shangore avait soigné l'insolation de Tiphaine, l'été 2011 ; son numéro devait sans doute figurer sur sa fiche.

– Remarque, c'est humain. Je suis scotchée qu'il nous ait fait ça, il ne l'emportera pas au paradis, je te le promets, mais je dois dire qu'en même temps, il m'épate. Ces hindous, tu les crois contemplatifs, et regarde la perversité avec laquelle ils te savonnent les planches... D'un autre côté, sans lui, je n'aurais sans doute pas rencontré Tiph, et on n'aurait pas pu vider l'abcès. Tu vois, tout a un sens, même les pires saloperies... Si Dieu existe, putain, c'est un sacré metteur en scène.

Elle a tapé à la porte 309 en sortant du sac isotherme ses produits surgelés, a rendu la monnaie au papy qui la couvrait de remerciements, voûté sur sa canne. Je pensais que le fait de revenir au tutoiement signifiait que l'incident était clos, mais elle s'est retournée vers moi, le visage grave et le ton rogue :

– Bref, heureuse de t'avoir connu, Pierre. Je te souhaite le meilleur avec Tiphaine, mais je ne veux plus entendre parler de ta mère. J'ai besoin d'interpréter des personnages positifs, moi. Je te rends le rôle.

Elle m'a tendu la main, je l'ai serrée, et elle m'a tourné le dos avec son chariot vide. Quand elle a disparu à l'embranchement du couloir, j'ai cru pour de bon qu'elle était sortie de nos vies.

Sitôt assis dans la Fuego, j'envoie un texto à Tiphaine :

Cordon coupé. Je rentre à Paris.

Réponse immédiate :

Non merci. J'ai toujours respecté ton besoin de silence et de solitude quand tu te bagarres avec un livre, fais-en de même, s'il te plaît. Je suis en plein bras de fer juridique, reste à Nice pour l'instant, avec ou sans ton substitut de mère, c'est tout ce que je te demande.

Elle a signé d'un cœur vert suivi par deux mains jointes. Je réagis en quatre mots :

Bonjour à ton avocat.

Ça veut dire : message reçu. Je sais que cette allusion nulle interrompra net l'échange, et c'est ce qu'elle attend de moi. Sauf qu'elle accuse réception dans la seconde :

Si tu le prends comme ça, d'accord. Je préfère te quitter pendant que je t'aime encore.

Je suis reparti vers le port. Je n'avais plus qu'un recours possible, un seul terrain d'action : mon ordinateur dans ma chambre d'ado. Ce décor que j'avais voulu la réplique exacte de celui où j'avais écrit ma première histoire, à huit ans, dans l'appartement au-dessus du garage de la jardinerie, avant que la faillite de Simone ne nous contraigne à déménager chez ses beaux-parents dont, jour et nuit, elle avait adouci la fin de vie pour tromper son amertume. Me réfugier dans le travail des mots quand le monde réel ne veut plus de moi, c'est la même parade qu'elle avait trouvée avec ses recettes de cuisine. Mais, arrivé devant les yachts géants du bassin Lympia, j'ai brusquement obliqué à droite en direction de l'hôtel Aston.

La pancarte « Ne pas déranger » accrochée par Tiphaine était toujours en place, et le service d'étage s'y était conformé. Couché dans notre odeur de la nuit, sous la couette où je ne lui avais même pas fait l'amour, je suis reparti de zéro. Dans l'état où m'avaient mis les révélations de Lucie Castagnol, mon livre ne pouvait plus être un florilège de post-scriptum en mémoire de ma mère, mais une lettre d'excuse destinée à ma femme. Sur les feuilles blanches que j'avais commandées à la réception en même temps qu'un club-sandwich, je lui ai écrit des heures durant au feutre noir, dans l'écho de notre dernière dispute entre ces draps, une longue déclaration d'amour et de remords. Une tentative désespérée pour la retrouver, une fois son « bras de fer » conclu, pour dissiper l'aveuglement, les feintes et les malentendus – tout ce que j'avais laissé s'installer entre nous à mots couverts pour éviter les frictions...

Mon portable ne m'a dérangé qu'une fois. C'était l'organisateur du Festival, qui me signalait amicalement que j'étais en retard au dîner officiel dans les jardins de la Villa Masséna. J'ai répondu qu'hélas je n'étais plus en mesure d'y assister, ni d'assurer les dédicaces du lendemain sur mon stand.

– Tu es cas contact ?

J'ai sauté sur l'explication : c'était le plus rapide et le moins impoli des prétextes.

– Désolé, mon Pierre, prends soin de toi.

Ce que j'ai fait. Toute la nuit. j'ai noirci des pages et des pages. Cinq heures de sommeil, douche et petit déjeuner au milieu des quarante feuillets que je peinais à déchiffrer. J'en ai raturé les trois quarts et j'ai passé tout le dimanche à chercher l'angle d'attaque, le ton juste, les situations éclairantes et le rythme adéquat. Sortant sur le balcon à chaque pause avec mon Nespresso, penché au-dessus des jets d'eau de la Coulée verte, j'apercevais place Masséna les files de lecteurs qui s'allongeaient devant les contrôles sanitaires. Conforté dans mes valeurs refuges, je retournais sous la couette me retrancher dans la réécriture de mon couple.

Au fil des phrases, revenant sur mon analyse première de la situation, je m'étais peu à peu identifié à Tiphaine. J'avais fini par me convaincre que la tentative d'absorption de sa marque de pulls par les sous-traitants chinois, aussi dramatique pour elle qu'invérifiable à mon niveau, n'était qu'un prétexte élégant pour prendre du recul, créer des distances et me préparer à notre rupture. Depuis que j'avais vidé le minibar, je ne voyais plus qu'une seule signification possible à son ordonnance d'éloignement – «Je préfère te quitter pendant que je t'aime encore.» J'y puisais un espoir maso, fondé sur la logique paradoxale que j'avais déduite d'une telle formule : si je ménageais son restant d'amour en la laissant partir, alors elle me reviendrait.

Dans cette optique, les raisons légitimes qu'elle avait de m'en vouloir devenaient quasiment, tandis que je les énumérais dans mon plaider-coupable, des arguments en ma faveur. On se rassure comme on peut.

Le lundi, réveillé aux aurores par les poubelles, j'ai tout relu d'une traite avec le regard de Tiphaine, essayant d'imaginer ses réactions quand elle découvrirait cette confession au long cours. Ça sonnait si creux, c'était si laborieux et si en dessous de ce que j'avais sur le cœur... Dans un mouvement de fureur, oubliant que je n'étais pas chez moi, j'ai tout brûlé dans la baignoire.

Je m'attendais à l'alarme de détection incendie ; je n'ai eu droit qu'à un bip de texto. J'aurais adoré l'idée que ma femme, reliée à moi par toutes ces pensées d'amour triturées pour l'émouvoir, ponctue ainsi l'autodafé de mes aveux. Mais non. Le message disait :

J'ai bien réfléchi. Ce n'est pas professionnel, la façon dont je me suis retirée, et c'est injuste. Pour une comédienne, rien ne doit jamais être tout noir ou tout blanc, mon très cher Pierre. Si la récupération des points est toujours d'actualité pour toi, viens me chercher à 9 h 30 au 23, rue Barla. Ta mère ne me lâche pas. Il faut que je lui donne ce qu'elle réclame : une chance de se racheter. C'est mon devoir et c'est le défi que tu m'as lancé. Ne pas le relever, ce serait renier tout ce que je suis.

Ma première réaction a été une fin de non-recevoir. Au moment de l'envoyer, je l'ai supprimée et remplacée par un « Merci, j'arrive », que je ne m'explique toujours pas aujourd'hui. Était-ce pour effacer tout ce qui s'était passé depuis le surgissement de Tiphaine, pour repartir sur les bases que j'avais définies à l'origine ? Ou simplement pour reprendre ce dialogue posthume avec l'avatar maternel que je m'étais créé ?

*

Elle m'attend sur le trottoir de la rue Barla, devant la vitrine d'Azur Optic. Je m'arrête en double file avec mes feux de détresse. Elle s'engouffre dans la Fuego. Le tailleur gris est impeccablement repassé, et elle a les yeux bleus.

Durant les premières minutes de trajet, elle demeure silencieuse, le regard fixe, la bouche remuante, révisant, j'imagine, son Code de la route. Rien dans son attitude ne rappelle les vérités qu'elle m'a balancées dans le couloir du Serena Palazzo, ni la rupture de contrat qui en a résulté, ni la résignation sacrificielle qui, tout à l'heure, émanait de son texto. Ultra tendue, les doigts crispés sur sa mignonnette Notre-Dame de Laghet, elle se tamponne d'eau bénite le front, le torse et les épaules toutes les vingt secondes.

Lorsque je lui demande, rue de Verdun, si elle a eu des nouvelles de ma femme, elle se contente de répondre :

– Tu me déconcentres.

Et elle se tourne vers sa vitre. Sur la Promenade,

au niveau du Palais de la Méditerranée, elle sursaute, brusquement affolée.

– Mes papiers ! Je n'ai pas mes papiers !

J'allonge le bras vers la boîte à gants, en sors la pochette en plastique qui renferme les originaux.

– Ouf ! je respire...

Religieusement, elle ouvre le vieux permis de conduire en carton rose aux pliures renforcées par du scotch et regarde, comme on se vérifie dans un miroir, la photo en noir et blanc des années 60.

– Comme j'étais belle, murmure-t-elle avec un sourire de nostalgie.

Elle se reprend et, fébrile, plonge la main dans la boîte à gants.

– Y avait des cigarettes, non ?

Je sens une sueur glacée mouiller mon col de chemise. Samedi matin, dans la cuisine, j'ai eu la brève illusion que l'esprit de Simone la possédait. Là, j'ai carrément la sensation qu'il l'incorpore.

– Ah, je me disais bien !

Recouvert par ma casquette, mes étuis de chewing-gums et le manuel d'entretien, elle vient de trouver le paquet de Marlboro entamé par maman sous mes yeux à l'entrée de Monaco, lors de son dernier voyage au volant pour les obsèques de Boc.

Un coup d'index enfonce l'allume-cigare. Le stock qu'elle s'est acheté vendredi pour les besoins du rôle est-il déjà épuisé ? Le grésillement du tabac qui s'embrase lui déclenche un soupir d'apaisement. Mais ses doigts tremblent quand, deux rues plus loin, elle écrase le mégot dans le cendrier de bord. Le processus de fusion qui s'accélère. Ou le trac, simplement. Je demande :

– Ça ira ?

– T'inquiète.

Avenue de la Californie, je la laisse devant l'entrée comme on dépose un enfant à l'école. Mais c'est elle qui, d'une voix soudain pimpante, me lance :

– Travaille bien.

Au moment où elle va refermer la portière, je lui glisse :

– Je te dis merde.

– Pourquoi ?

– C'est une tradition au théâtre, non ?

– Oui, lapin, mais là on est dans la vraie vie.

Et elle me tourne le dos pour aller rejoindre le petit groupe d'âges et de classes sociales variés qui attend sur le trottoir, téléphone à l'oreille, gobelet de café en main, la mine lugubre ou courroucée.

De l'autre côté de la chaussée, à moins de cinquante mètres, une place de stationnement se libère et je m'empresse de la prendre pour vérifier comment se comporte en public la pseudo-Simone. Dans le rétroviseur, je la regarde se présenter aux autres stagiaires, la poignée de main énergique, l'accolade solidaire et l'attitude martiale. On dirait qu'elle fédère une association de victimes.

Quelques instants plus tard, une sorte d'examinateur est arrivé en trottinette électrique, cartable en bandoulière et masque FFP2 sous la visière de son casque. Fendant le groupe sans dire bonjour après avoir plié sous le bras son véhicule, il est allé déverrouiller la salle polyvalente et, d'un geste par-dessus l'épaule, a fait signe aux repentants d'y entrer. Lorsque la porte s'est refermée, mon cœur s'est mis à battre de manière totalement disproportionnée. Comme si mon avenir tout entier était soumis au résultat d'une imposture.

*

Je suis retourné à l'appartement. Il était dans l'état où je l'avais laissé l'avant-veille. Le jeu de clés de Lucie gisait bien au fond du cache-pot, tout était à sa place, pourtant je trouvais quelque chose de changé dans les lieux. Une variation d'atmosphère, une légèreté de grasse matinée qui n'y avait jamais régné du vivant de ma mère ni depuis son départ. Lucie, malgré ses dires, était-elle revenue dans le décor de son personnage pour s'en inspirer encore, marcher sur les traces de Simone et repartir en laissant, cette fois, les clés à l'intérieur ?

Coupant court aux supputations à vide qui ne me menaient nulle part, j'ai ouvert mon ordinateur. Et, sur mon bureau d'enfance en acajou stratifié de chez But qui m'écrasait les genoux, j'ai tenté d'écrire la scène qui était en train de se dérouler six kilomètres plus loin, histoire de reprendre la main sur la situation que j'avais initiée.

Les phrases coulaient sous mes doigts, bien plus fluides qu'à l'hôtel, tantôt imaginant le comportement à haut risque de l'usurpatrice qui défendait les couleurs d'une morte, tantôt réglant mes comptes avec ma mère pour ne plus songer à ce que deviendrait ma vie sans ma femme.

À treize heures trente, affamé, boudant les barquettes de spécialités plagiées qui mêlaient leurs chants de sirène au ronron du frigo, je suis allé manger un kebab sur le port, puis j'ai tué le temps en faisant des longueurs de crawl sous la terrasse de La Réserve, bombardé par les bouts de pain que les clients jetaient aux poissons pour s'occuper entre les plats.

Quand j'ai rallumé mon téléphone sur les galets, je m'attendais au silence de Tiphaine, mais pas à celui de Lucie. Je commençais vraiment à m'inquiéter. Elle aurait pu au moins m'envoyer par texto un pouce levé, un parapluie ou une prise de tête. Peut-être l'examinateur leur avait-il confisqué les portables pour leur éviter de chercher les réponses sur Google.

Je suis rentré à l'appartement continuer d'écrire pour tromper l'anxiété. Mais le fil s'était rompu, et j'ai fini par effacer du fichier les huit pages de harcèlement psychologique enduré par la mauvaise élève avant qu'on ne lui accorde ses bons points – parodie sans saveur d'un procès d'inquisition routière qui ne m'avait servi qu'à détourner mes pensées de Tiphaine, tout en me donnant l'illusion d'influencer le cours des choses.

À seize heures, j'ai plié boutique et je suis allé attendre sur place.

Et maintenant, que vais-je faire
De tout ce temps que sera ma vie ?
De tous ces gens qui m'indiffèrent,
Maintenant que tu es partie…

Je patiente en double file, avenue de la Californie, écoutant Gilbert Bécaud à l'Olympia en 1988 – la cassette préférée de maman sur l'autoradio Blaupunkt dont la fonction *eject* ne marche plus. Le stage devrait être fini depuis un quart d'heure, et la porte de la salle est toujours close.

J'enfourne mon troisième chewing-gum. Pourvu que Lucie ne se soit pas fait démasquer. Encore dans l'élan de mes heures d'écriture, j'envisage les variantes que la réalité risque d'imposer à ma fiction : arrestation de la fausse Simone, garde à vue, mise en examen de son employeur, entrefilet saignant dans *Nice-Matin* et commentaires goguenards des échotiers chroniquant la culture sur les chaînes d'info – autant de publicité gratuite pour une autobiographie que je ne suis même pas sûr de mener à terme.

La portière s'ouvre à la volée.

– Non, mais je te jure, écume la stagiaire en se laissant tomber sur le siège passager. C'était vraiment n'importe quoi.

J'éteins l'autoradio, je crispe les doigts sur le volant et j'attends la suite, stoïque.

– Tu as déjà assisté à une réunion des Alcooliques anonymes ? aboie-t-elle en attrapant sa ceinture de sécurité.

– Non.

– Ça ne t'aurait pas dépaysé. Tu es assis en rond et tu te présentes : « Bonjour, je m'appelle Simone et je suis un danger public, j'ai brûlé un feu orange, refusé deux priorités et commis cinq excès de vitesse, mais je m'engage solennellement à ne plus recommencer, je jure fidélité au Code de la route et totale soumission au piéton. » Voilà. En plus du pisse-froid de la Prévention routière, t'as une psychologue du volant qui prend des notes avec un sourire Miss France. Ils te font causer, ils te cuisinent, ils te sermonnent, ils t'infantilisent et ils t'absolvent.

Sur la pointe de la voix, je glisse :

– Et… concrètement, tout s'est bien passé ?

D'un coup de coude, elle abrège mes souffrances en me décochant un sourire ravageur :

– J'ai fait zéro faute, lapin ! Il restait l'épreuve de conduite en montagne, mais leur rétroprojecteur a buggé. Du coup, vu qu'on était tous béni-oui-oui, incollables et mea-culpants – à part une grande gueule qui s'est fait recaler d'office pour mauvaise conduite envers l'examinateur –, ils ont dit que c'était bon pour cette fois et qu'ils annulaient la session de demain. Alors… qu'est-ce qu'on dit à sa maman ?

– Bien joué. Je suis fier de toi.

– Tu peux. En tout cas… au niveau de l'objectif imparti.

La précaution oratoire s'accompagne d'une baisse de volume qui, aussitôt, fait basculer mon soulagement dans l'angoisse.

– C'est-à-dire ?

– Trois fois rien.

À demi tournée sur son siège, elle surveille ses

congénères qui commentent leur épreuve sur le trottoir.

– L'essentiel, c'est que j'aie récupéré mes quatre points, non ? Démarre. Vite, sinon elle va venir encore me tenir la jambe !

– Qui ça ?

– Une générale Haussmann, Hofmal, je ne sais pas, elle parle en rafales de mitraillette… Une relation de supermarché, d'après ce que j'ai compris.

J'écrase l'accélérateur, atterré.

– Gabrielle Oswald ? Ne me dis pas qu'elle était dans le stage…

– Gabrielle, c'est ça. Une espèce de grand cheval avec une étole d'astrakan et une voix qui se la pète. Tu la connais ?

– De nom.

Les dents serrées, j'actionne le clignotant pour rejoindre la Promenade des Anglais.

– C'est elle, la casse-couilles qui n'a pas regagné ses points. Il lui en restait huit, remarque, elle s'en fout, elle était juste venue foutre la merde. Quand elle s'est présentée, on aurait dit une copropriétaire qui s'attaque au syndic. « Bonjour, je suis la générale Oswald, je n'ai jamais causé le moindre accident depuis que j'ai passé mon permis en avril

1947, mais comme aujourd'hui vos discours d'écolos démagos poussent les piétons à se jeter sous nos roues pour nous traîner en justice, autant que je prenne les devants ! »

– Et... elle t'a reconnue ?

– Oui, oui, pas de souci.

Je ferme les yeux au feu rouge, la nuque enfoncée dans le velours de l'appuie-tête. Gabrielle Oswald. La pompière, comme l'appelait maman. Veuve du contrôleur général des sapeurs de Haute-Provence, présidente de l'Amicale des bridgeuses de Nice-Est, elle était l'une de ses bêtes noires parce que, vivant au Mont-Boron en face de leur Carrefour Market, elle la prenait de vitesse à chaque avant-promo réservée aux cartes de fidélité. Trois ou quatre fois par an, j'avais droit à la même diatribe : « Elle le fait exprès, je le sais, comme par hasard elle achète *mon* champagne, *ma* vanille Bourbon, *mon* chocolat dessert, *mes* éditions limitées de safran. C'est bien les bridgeuses, ça. Dédicace-lui ton dernier livre, tiens. La prochaine fois que je la rencontre à la caisse, je le lui laisse à prix coûtant, ça lui fera les pieds. » Ainsi mes romans, qu'elle offrait à ses fournisseurs dans l'espoir d'une remise, devenaient-ils parfois des armes de représailles sous forme de vente forcée.

– Heureusement que j'ai l'instinct de répartie ! se félicite sa doublure en abaissant le pare-soleil. Ce genre de bonnes femmes, si tu ne les neutralises pas d'emblée, tu es foutu.

– Mais qu'est-ce qu'elle t'a dit ? Raconte, Lucie, enfin !

– Pour faire court, j'ai une bonne et une mauvaise nouvelle. C'est la même d'ailleurs.

Je m'attends au pire. Elle marque une pause, le temps de vérifier dans le petit miroir son maquillage de scène.

– On revient de loin, mon lapin ! clame-t-elle en relevant le pare-soleil. Ta générale m'a sauté dessus dès qu'elle m'a vue, les yeux comme des soucoupes : « Simone ? Mais on m'a dit que vous étiez morte ! » Alors moi, ni une ni deux, je soupire avec un air habitué : « C'est bien les gens, ça ! Vous savez, plus rien ne m'étonne : j'ai toujours été terriblement jalousée, dans ma vie... Toutes ces bonnes bourgeoises niçoises ne supportent pas de voir briller les femmes issues du peuple, ça leur fait de l'ombre, alors elles essaient de les éteindre comme elles peuvent. » Pas mal, hein ?

J'en ai convenu, bluffé par la justesse de sa réaction à chaud.

– Eh bien non. J'ai vu que l'argument la laissait de marbre. Alors, quand elle m'a sorti l'histoire des obsèques de mon cancérologue, j'ai tenté le tout pour le tout : « Vous y étiez, générale ? – Non, mais on m'a raconté l'accident avec le cercueil… – On en a fait tout un plat, je sais, commotion cérébrale et compagnie, mais j'ai survécu, non ? La preuve. » Comme je la sentais encore sur la défensive, je l'ai jouée confidence entre quat'z'yeux, trois tons plus bas : « Non, trêve de plaisanterie, chère amie, j'ai été condamnée par la médecine pour cancer du foie, c'est vrai, mais en fin de compte ils ont commué ma peine. “Longue rémission”, comme ils disent. L'éternité au jour le jour… J'étais partie chez ma sœur en Martinique pour qu'on ne me voie pas diminuée, alors la rumeur de mon décès, naturellement, s'est répandue très vite en mon absence. Il y a même eu trois lignes de nécro dans *Nice-Matin*, rappelant que j'étais la mère de l'écrivain. Pierre me pressait de faire un droit de réponse, mais j'ai laissé courir. Je vais vous dire, en toute franchise : ça m'arrange qu'on me croie morte. Je viens de rentrer chez moi incognito, tout le monde m'a oubliée et c'est parfait, je ne veux voir personne. Il n'y aurait pas eu cette fichue histoire de permis à points… Promettez-moi de garder le secret, je vous en conjure ! »

La main sur le cœur, elle marque un temps pour faire durer le suspense. Je la scrute en m'efforçant de garder mon sang-froid.

– Et alors ? Comment elle a réagi ?

– Elle a juré sur la tête de son défunt et elle m'a dit de l'appeler Gabrielle. Avant d'ajouter d'un air coincé : « Vous avez incroyablement rajeuni, en tout cas. » Ce à quoi j'ai répondu, les yeux dans les yeux : « Eh oui, c'est le regard des autres qui fait vieillir. » Rassuré ?

De plus en plus ébahi par son sens de l'impro, je me laisse klaxonner sans redémarrer.

– Vert, me fait-elle remarquer.

J'enclenche la première en la remerciant d'une voix vibrante d'avoir ainsi sauvé les meubles. Avec une moue de modestie, elle nuance les félicitations :

– Oui, sauf que… Elle m'a juré le silence, d'accord, mais à condition de fêter ma résurrection.

– Comment ça ?

– « Je suis désolée de la cruauté des gens, ma petite Simone, mais si heureuse pour vous. Je serais enchantée que vous veniez dîner ce soir à la maison – en toute discrétion, bien sûr. »

L'embardée l'a projetée contre la portière.

– Tu n'as pas accepté ?

– Bien sûr que non. J'ai fait pire.

Je m'arrête sur un emplacement livraison pour entendre la suite sans risquer d'accident. Comme la générale insistait, elle a eu peur d'éveiller les soupçons et, de son propre aveu, elle a commis l'irréparable.

– La pression intérieure, justifie-t-elle sur un ton de circonstances atténuantes. La vérité du rôle... Tous les acteurs te le diront : on n'est plus le maître à bord, c'est le personnage qui commande.

– Bref ?

– Bref, j'ai fini par lui dire : « C'est moi qui vous invite. »

– Quoi ?

– À la fortune du pot, histoire de célébrer la récupération de mes points. Je lui ai donné l'adresse, j'ai dit vingt heures.

– Mais ça va pas ?

– Tu aurais préféré que j'évolue sur terrain inconnu ? me raisonne-t-elle. Au moins, là, je vais jouer à domicile.

Je la fixe, incrédule. Sa calme assurance est encore ce qui m'alarme le plus.

– Elle a accepté ?

– Tu parles ! Avec ma réputation de cordon-bleu... Évidemment, j'ai mis les choses au point : « Vous ne parlez de cette invitation à personne, Gabrielle, je compte sur vous. Les gens sont tellement envieux... » Elle a rosi de plaisir, cette truffe, avec un clin d'œil appuyé pour étaler son humour : « Vous pensez bien, chère amie, je tiens à ma réputation : on ne se vante pas d'aller dîner chez une morte... Hu, hu ! N'ayez crainte, je serai une tombe ! » Ôte-moi d'un doute : je la déteste, non ?

Je hoche la tête, le front dans les mains.

– Ça ne m'étonne pas. Deux dominantes, c'est fatal. En plus elle te lit, non ?

– Elle m'achète.

– M'étonnerait qu'elle aime, ou alors elle se force à faire la fine bouche pour me rabaisser. Tu l'aurais vue mignarder avec son petit air supérieur : « Et votre fils, ça fait longtemps qu'on ne l'a pas vu à la télévision. C'est terrible comme ça passe, les modes... Il sera là ? » J'ai dit bien sûr, et que je lui ferais mes fameux rognons. Voilà. Y a plus qu'à.

La tête dans un étau, je laisse passer cinq secondes avant d'articuler entre mes dents :

– Tu as complètement disjoncté.

– Ah bon ? Tu voyais un autre moyen d'acheter son silence ? Moi, je fais ça pour toi, lapin.

Et, avec un regard vers la pendule de bord, elle enchaîne d'un ton gaillard :

– Allez, on va faire les courses avant que ça ferme.

*

Au moins, l'urgence du contre-feu qu'elle avait allumé pour neutraliser la pompière avait le mérite de faire diversion à mes problèmes de couple. Je l'ai laissée devant un tripier du Vieux-Nice que maman boycottait depuis vingt ans, et je suis allé acheter des pâtes fraîches chez le traiteur d'en face.

– Tu m'as déjà vue servir des tagliatelles du commerce ? m'a-t-elle reproché.

– Ton invitée sera là dans deux heures, tu n'as pas le temps de les faire toi-même.

– Les concessions commencent, a-t-elle soupiré.

– Et pourquoi tu as choisi les rognons ?

– C'est le plus rapide, dans le cahier de recettes.

Je fais sauter quatre minutes au beurre à feu vif, je retire la poêle, je flambe au madère, j'ajoute la crème et je remets cinq minutes à feu doux avec une tombée de persil. Tu vois, j'ai retenu du premier coup. Allez, ne fais pas cette tronche… Tu n'es pas content que j'aie du monde ? que je te ramène au temps de ma gloire ?

Je roulais au pas dans la foule des touristes en me faisant une raison. Je la sentais tellement habitée par son rôle que j'avais l'impression que Simone, en coulisses, jubilait de ce retour en arrière qui prenait les allures d'une reconstitution. La fiction hommage qu'elle aurait tant voulu que je lui offre de son vivant, voilà qu'elle allait prendre corps dans la réalité aux dépens de sa pire ennemie. Le regard en biais, j'ai murmuré pour maintenir le moral des troupes :

– Je te fais confiance.

Elle a mordu ses lèvres, dégluti, et m'a pressé le poignet sur le volant, les larmes aux yeux, pour me remercier de cette phrase.

– Pierre… Ça fait drôle de dire ça à un fils, mais… tu es la plus belle rencontre de ma vie.

Je n'ai pas répondu. Même quand elle a ajouté :

– Quels que soient les dommages collatéraux.

Au lieu de me borner à limiter les dégâts, j'aurais dû tout arrêter à ce moment-là, je le sais bien. Avouer la vérité plutôt que d'accommoder le mensonge. Appeler Gabrielle Oswald, lui expliquer la supercherie, ramener cette situation intenable au rang de simple entourloupe sans lendemain. J'en fus incapable. Si Lucie s'était laissé posséder par son modèle, c'est sur moi que s'exerçait l'emprise.

La générale a sonné à vingt heures pétantes. Chignon tiré à quatre épingles, veston croisé pied-de-poule, boîte de chocolats sous le bras, elle m'a tendu la main avec une bienveillance protocolaire.

– Enchantée de faire enfin votre connaissance, je peux vous appeler Pierre ? Votre maman m'a tellement parlé de vous.

– Débouche le champagne, lapin, je flambe et j'arrive ! a clamé l'autre derrière la porte de la cuisine.

Et je me suis retrouvé au salon à faire les honneurs de la vue, comme ça m'était arrivé tant de fois dans mon adolescence, quand papa n'était pas encore rentré du tribunal et que la maîtresse de maison peaufinait ses fins de cuisson.

– Tiens, on voit chez moi, s'est contentée de faire

observer la pompière en sortant sur la terrasse, dos tourné à la mer pour désigner le plateau du Mont-Boron. L'agitation du port a son charme, c'est vrai, mais je préfère quand ça surplombe. Cela dit, je suis tellement heureuse que votre maman soit toujours parmi nous. Les gens n'ont pas été tendres avec elle, je sais, mais ce qu'ils considèrent comme des travers, c'est souvent ce qui fait notre force. N'est-ce pas ?

On est rentrés s'asseoir. Entre deux compliments vinaigrés et trois vacheries mondaines, elle a picoré les olives de l'apéritif en me racontant de manière épique la non-récupération de ses points.

– Votre maman lui a bien rivé son clou, elle aussi, à cette espèce de tortionnaire qui nous passait à la casserole. C'est vrai, ça suffit, leur dictature routière ! Dans le genre collabo, elle lui a proposé de son petit ton suave : « Et si nous mettions des menottes quand nous prenons le volant, à titre préventif ? » Elle a été très applaudie. Moi aussi, quand j'ai renchéri : « Avec votre politique de répression automobile, les piétons se croient les rois du monde : ils n'ont jamais été aussi dangereux. C'est à eux qu'il faudrait faire passer un permis de marcher ! » Il ne savait plus où se mettre, le petit jeune.

Sans transition, elle s'est penchée vers mon fauteuil pour murmurer, tandis que je débouchais le champagne.

– De vous à moi... Elle en a vraiment fini avec son cancer, ou on lui donne de faux espoirs ? Je demande ça pour éviter de commettre un impair.

– Disons qu'elle profite d'un sursis, ai-je répondu gravement, avec le sentiment d'exprimer au plus près la vérité de la situation.

La générale s'est rejetée en arrière sur le canapé en croisant les jambes.

– Chacun son tempérament. Moi, j'exigerais de voir la réalité en face. Je n'ai pas peur de la mort, mais je ne supporterais jamais qu'on me roule dans la farine, ça me gâcherait la fin du chemin.

– À table ! a beuglé la sursitaire en jaillissant avec le plat fumant. Ça n'attend pas, on finira le champagne au dessert. Merci pour les chocolats de chez Poulain, vous nous gâtez. Sers-nous le bourgogne, lapin !

L'hystérie méthodique des invitations maternelles était assez bien rendue, mais visiblement la générale n'avait pas l'habitude d'être ainsi bousculée pour une portion de rognons.

– Chère Simone, la rumeur dit que vous êtes une cuisinière hors pair…

– Oh, vous savez, les gens exagèrent toujours. Disons que j'y mets tout mon cœur, rien de plus.

– Mais je mange très peu, le soir.

– Eh bien vous ferez une exception ! a souri son hôtesse d'un air acéré en emplissant les assiettes.

J'ai froncé le nez sous l'odeur, croisant le regard de l'invitée dont le sourcil gauche s'était haussé d'un centimètre.

– Allez, attaquez ! Ça refroidit.

Avec un air de courtoisie plombée, la générale a pioché un petit morceau nappé de sauce, et sa mâchoire s'est figée dès la première mastication. Jusqu'à présent, j'avais incriminé une remontée d'égout en provenance de la cuisine, suite aux travaux de plomberie. Mais, une fois dissipés les effluves masquants du madère, le fumet de l'assiette ne souffrait guère l'ambiguïté.

– Excusez ma question, Simone, mais… vous n'avez pas oublié de laver les rognons ?

– Pardon ? s'est cabrée l'offensée.

Paupières étrécies et menton rentré, la générale a battu en retraite avec un geste de cessez-le-feu.

– Je disais ça comme ça, a-t-elle chuinté en bloquant la bouchée dans le fond de sa joue gauche.

L'accusée a aussitôt enfourné deux bouts de rognon en soutenant son regard, mâché trois secondes, puis avalé d'un coup et rendu son verdict :

– Ce sont des vrais abats maison pour connaisseurs, évidemment, pas de l'édulcoré de chez Picard. Tous mes amis se régalent. Vous avez un souci, Gab ?

– Non, non. Si vous le dites...

La convive a pris sa respiration et, front en avant, l'air admirable, a entrepris d'ingurgiter sa bouchée. Le rognon brusquement expulsé dans mon assiette par son haut-le-cœur nous a éclaboussés de sauce.

– Non mais c'est ça ! a rugi la cuisinière en sautant sur ses pieds. Crachez-nous mon repas à la gueule, ne vous gênez pas !

– Mais c'est une abomination ! s'est défendue la gerbeuse.

– Je ne vous le fais pas dire ! Ça m'apprendra à préparer un plat de chef étoilé à une habituée des cantines de caserne !

– Maman !

– Vas-y, prends sa défense ! m'a lancé la comédienne emportée par son personnage. Je m'épuise à faire plaisir à tout le monde, et voilà comment on me remercie ! *Faï de ben a Bertrand, te lou rendra en caguant !* Vous avez besoin que je traduise ?

Gabrielle Oswald s'est levée à son tour, indignée, l'a toisée de toute sa hauteur.

– Je veux bien que votre cancer vous monte à la tête, mais on ne m'a jamais traitée de la sorte, madame !

– Eh ben on aurait dû, espèce de mal élevée ! Ça ne trompe personne de jouer à la grande bourge quand on n'est qu'une pedzouille !

– Une quoi ?

– Insulter les gens sous leur toit, non mais on rêve !

– C'est vous qui m'avez agressée ! J'ai voulu vous faire crédit en passant outre aux médisances, mais je comprends que vous ayez fait le vide autour de vous, ma pauvre !

– Venant de vous, je prends ça pour un compliment ! Tiens, remportez-les, vos chocolats de chez Poulain. Vous avez vu la date ? Ils sont périmés depuis trois mois. Sans doute un cadeau de vos derniers invités que vous avez puisé dans le stock à recycler…

Suffoquée, la générale lui a arraché la boîte des mains et s'est ruée vers la porte d'entrée. Je l'ai talonnée en essayant de maîtriser le sinistre par des excuses à plate couture, mais je sentais bien que l'incendie était hors de contrôle.

– Ne le prenez pas contre vous, madame Oswald… Avec les médicaments, elle n'est plus elle-même.

– Inutile de vous justifier, mon pauvre Pierre, vous n'y êtes pour rien, m'a-t-elle jeté avec une commisération cinglante en ouvrant à distance son break Volvo. Avoir une mère pareille… Je vous plains.

– Merci. Puis-je vous demander d'avoir la bonté de… ne pas ébruiter ce dîner ?

– Vous me prenez pour qui ? On ne tire pas sur une ambulance.

Et elle a claqué la porte dans son dos, impériale.

À demi rassuré, je suis revenu vers la maîtresse de maison qui était restée plantée au milieu du salon, tétanisée par son éclat. Elle était livide, le souffle court, le corps secoué de tremblements. Des larmes de confusion coulaient sur ses joues.

– Pardon, Pierre, pardon…

– Ça va, c'est bon, ce n'est pas toi qui as commencé, ai-je dédramatisé, de peur qu'elle ne me fasse un malaise.

– Mais si, c'est moi ! J'ai tellement honte… Je ne savais pas que ça se lavait, les rognons.

Inquiet de son tremblement, j'ai banalisé du mieux que j'ai pu :

– Les meilleures comédiennes ont le droit d'avoir des trous de mémoire.

Elle m'a dévisagé, horrifiée, pantelante, comme si je refusais de mesurer la portée du drame. D'un coup, elle a arraché sa perruque, l'a jetée sur le sol et s'est effondrée dans le fauteuil orthopédique.

– Je ne veux plus être ta mère… Elle va trop loin ! Tu te rends compte, ce qu'elle m'a fait dire ?

Et elle a soudain hoqueté, la tête dans ses mains.

– Ce n'est pas moi, Pierre… C'était comme si elle parlait dans ma tête, et je ne pouvais pas faire autrement que répéter…

– Allez, on oublie.

– C'est la première fois que j'incarne quelqu'un de vivant… enfin, de réel. C'est pour ça, tu crois ?

Je l'ai calmée, réconfortée, j'ai dit que c'était normal et que cette vieille grognasse d'Oswald l'avait bien cherché. Maman n'aurait pas agi autrement, c'est vrai. Sauf que ce genre d'éclat ponctuel attendait habituellement le dessert. Elle a fermé les yeux, s'est projetée en arrière dans l'immonde fauteuil articulé qui aurait fini aux encombrants s'il n'avait été un cadeau de fête des Mères.

– Tu crois qu'elle se venge à travers moi ?

– Non, Lucie, je pense qu'elle se prolonge, c'est tout. Elle saisit l'occasion, la perche que tu lui tends…

– Tu crois ? Tu crois qu'elle me voit ?

– Tu lui prêtes ta voix, tu lui renvoies son reflet… Avoue que c'est tentant.

Je lui ai remis sa perruque, je l'ai aidée à s'extirper du relax et je l'ai conduite vers le fond du couloir.

– Non, non, je rentre chez moi…

– Tu n'es pas en état.

J'ai pris sur l'étendoir de la salle de bains le pyjama dans lequel elle avait dormi vendredi, je le lui ai mis dans les mains, je l'ai poussée fermement vers ce qu'elle appelait sa « chambre de fonction », je lui ai ouvert le lit et je suis ressorti en fermant la porte. C'étaient les gestes que j'avais enchaînés le soir de mes dix-sept ans, quand les parents s'étaient disputés à cause d'Antonella, ma petite amie violoniste que j'avais proposé d'emmener avec nous en vacances. Papa, qui avait l'oreille musicale, était pour. Elle le lui avait reproché avec une telle fureur qu'il était parti marcher dans la nuit, et je l'avais rejoint après avoir couché l'hystérique titubant sous le champagne.

J'ai débarrassé la table, garni le lave-vaisselle et rangé la cuisine, comme elle le faisait chaque soir en temps normal pour éviter de « retrouver le dîner au petit déjeuner ». Et je suis allé dans ma chambre prendre en note la scène que nous venions de vivre.

Deux heures plus tard, en éteignant mon ordinateur, je me suis dit que je tenais le sujet de ma vie.

Un bruit sourd m'a tiré du sommeil à minuit et demi. Je me suis précipité, j'ai trouvé Lucie à genoux, entourée de photos en vrac, devant le tiroir de la commode chinoise qu'elle avait renversé sur le parquet. Fébrile, la perruque en bataille et le regard fixe, elle retirait les punaises cuivrées du tissu de garniture. Un vieux cahier jaune se trouvait entre la cotonnade fleurie et les planches du fond – le même modèle que celui où étaient consignées les recettes de cuisine. Elle me l'a tendu sans me regarder, s'est relevée en prenant appui sur le matelas, et elle est allée se recoucher comme une somnambule.

Désarçonné au milieu de mes portraits d'enfance mélangeant les âges et les lieux, j'ai ouvert le cahier. Une centaine de pages numérotées couvertes d'une écriture nerveuse sans la moindre rature, avec les dates soulignées dans la marge. Un journal intime. Un carnet de bord, plutôt, qui commençait le jour de ma naissance et s'achevait la veille de sa mort. Tous les événements marquants de ma vie y étaient commentés, décortiqués, tous les espoirs que Simone avait nourris, toutes les joies, les déceptions et les blessures que je lui avais causées.

Je suis sorti de la chambre où résonnaient les ronflements de sa suppléante, et j'ai regagné mon lit. J'ai tout lu, jusqu'à l'aube. À maintes reprises, les pages se sont froissées entre mes doigts crispés d'émotion, et les mots turquoise couleur de ses yeux se sont dilués sous mes larmes.

Au fil de ma vie, beaucoup de phrases commençaient de la même manière. J'en connais encore aujourd'hui par cœur les plus marquantes. Page 19 : « Une vraie mère n'a pas le droit de lutter contre les rêves de son enfant, mais il faut qu'il garde les pieds sur terre, qu'il finisse ses études, qu'il trouve un métier sérieux. Jamais l'écriture ne le fera vivre ! » Page 33 : « Une mère digne de ce nom ne peut pas laisser un bac mention très bien saboter sa vie à dix-sept ans pour une joueuse de crincrin ! » Page 68 : « Comment une mère qui se respecte acccepterait d'être ainsi reniée ? Il ne veut pas que Drucker m'interviewe ! Je suis si fière de lui, et il a honte de moi. Prix Femina, Paris à ses pieds, et il me prive d'exprimer ma joie... Tant pis pour lui : Val Perrinetto connaît la nièce de la réalisatrice, je vais contourner son veto en lui faisant la surprise. Je l'aime tellement, j'ai bien le droit de le dire ! » Page 77 : « Une vraie mère pardonne tout, mais pas ça ! Enfin, qu'est-ce qu'elle a de plus que les autres, celle-là ? Il ne pouvait pas continuer à papillonner, à faire le joli cœur devant ses admiratrices tout en restant inaccessible ? C'est ça, un écrivain, il doit faire rêver, il ne se marie pas avec une vendeuse de fringues ! Et ça prétend créer sa propre marque... Ben voyons ! Elle va se la faire financer, évidemment ! Quel gâchis... Jamais il ne sera élu à l'Académie française, avec un tromblon pareil. Je ferai bonne figure, mais heureusement que son père n'est plus de ce monde ! »

Et ainsi de suite pendant quinze ans, jusqu'au coup de massue de la page 109 : « Hépatocarcinome. J'attaque la chimio lundi. J'ai rassuré Boc : je m'en sortirai comme je me suis remise de tout, avec ma volonté de fer. Mais comment réagira Pierre ? Une mère ne peut pas supporter que les rôles s'inversent, que son fils se mette à la materner parce qu'elle est malade. Je n'accepterai jamais qu'il se sente obligé d'être aimant, d'être présent, de téléphoner trois fois par jour parce que je suis diminuée, de s'installer ici pour *profiter* de moi avant que je meure... Non, ça m'enlèverait toute la force dont j'ai besoin. Je ne lui dirai rien. Heureusement qu'il y a sa Tiph ! C'est à elle que je révélerai mon état en lui faisant jurer le secret, ainsi elle saura me protéger de lui comme elle a si bien su l'éloigner de moi. Je n'aurai qu'à déclencher une brouille entre nous, et elle lui fera du chantage affectif pour l'empêcher de renouer, voilà. »

Son écriture avait commencé à se déformer trois pages plus loin – sans doute un effet secondaire du traitement. « Je mens à tout le monde, même à ma chère Paule, la seule en qui j'ai confiance. Elle n'est pas dupe, mais elle répercute mes craques à tous nos amis : la chimio est un succès, Boc est fier de moi et je pourrai bientôt reprendre mes déjeuners du dimanche. C'est tout ce que je lui demande. Quant à Shangore, il s'efforce gentiment de cacher qu'il a le cœur brisé, et le secret médical me protège. L'unique personne à qui j'arrive à me livrer, c'est ma sœur – un comble ! Au moins elle ne retient rien, et ça me fait du bien de parler à un regard absent qui ne triche plus, qui ne juge pas. Sa placidité de première de la classe, sa douceur imperméable qui m'ont toujours tellement agacée me redonnent de la force, aujourd'hui. Mais je me sens si seule, ensuite… J'ai enfin osé appeler Tiphaine sur son portable. Elle est d'accord pour cacher la vérité à Pierre. Elle m'a même dit : "Vous êtes une vraie mère." Il était temps. Je l'ai beaucoup impressionnée, et elle aussi, je dois dire. En échange de son silence, elle me demande d'accepter qu'elle vienne me prêter main-forte, en toute discrétion, si le besoin s'en fait sentir. Je crois que je peux compter sur elle. De toute façon, Pierre est plongé dans ses écritures. Hier soir, après sa conférence à Menton, quand il est passé me dire bonsoir sur le chemin de l'aéroport, il n'a même pas remarqué mes coups de pompe au dîner, ma pissaladière ratée, ma mauvaise mine… Il ne s'inquiète que pour ses personnages. »

Les trois premières lettres du mot « pissaladière » étaient diluées par une larme qui n'était pas de moi. Maman avait-elle pleuré en écrivant cette phrase, ou bien Lucie lorsqu'elle l'avait lue ? Je l'imaginais soudain fouiller les tiroirs en mon absence pour approfondir le rôle. En admettant qu'elle ait trouvé le journal intime vendredi ou samedi, rien n'interdisait de conclure qu'elle l'avait replacé dans sa cachette, sa lecture achevée, se réservant de me le transmettre au moment opportun…

*

Je me retrouvais avec une nouvelle mère. Un regard totalement chamboulé sur elle et sur Tiphaine. Les dernières pages du cahier racontaient leur printemps clandestin, leur découverte mutuelle entre les séances de chimio, les cours de cuisine, les promenades au cap de Nice, l'initiation à la flore méditerranéenne et au point de croix…

J'avais toujours cru que son aversion pour ma femme était liée à une jalousie légitime : Tiphaine dirigeait une entreprise florissante, alors qu'elle-même avait perdu la sienne à cause des malversations de son associé. En réalité, une fois les a priori dissipés, ma femme était devenue la fille qu'elle eût rêvé d'avoir, tellement plus proche d'elle par son esprit pragmatique et sociable que je ne l'étais avec mes cloisonnements d'artiste. Son journal montrait combien elle s'était identifiée à sa réussite partie de zéro, à son sens des responsabilités, à ses angoisses de gestionnaire, mais elle s'était interdit de l'aimer à cause de moi. Une vraie mère ne va pas tromper son fils avec sa belle-fille... Sauf que le destin avait redistribué les cartes. L'intimité qu'elles avaient partagée à mon insu, par le biais du cancer, m'émerveillait autant qu'elle me faisait honte.

Pendant que je restais cloîtré à Paris pour terminer un roman que j'avais fini par flanquer aux oubliettes, Tiphaine s'était occupée de ma mère en cachette, sans cesser de me jouer la comédie de leur détestation commune. Ses allers-retours à Nice, elle les avait camouflés en tournées d'inspection de ses points de vente dans les capitales européennes, tout le temps que maman avait réussi à me cacher sa maigreur, ses cernes et sa perruque grâce à la fâcherie débile qu'elle avait provoquée entre nous en exigeant, inflexible, que je fasse publier chez mon éditeur le manuscrit de son amie Val que je trouvais nul. Malgré l'opposition glaçante de Tiphaine qui avait refusé de m'accompagner à ce qu'elle appelait ma « repentance », j'avais fini par débarquer sans prévenir le jour de son anniversaire, pour qu'on se réconcilie. Et, bouleversé par son état, j'avais pris sans le savoir le relais de ma femme durant ses dernières semaines.

Toutes ces choses à côté desquelles j'étais passé, que j'avais refusé de voir ou comprises de travers... Mon aveuglement me sautait aux yeux, et la duplicité généreuse des deux femmes de ma vie était le cadeau le plus empoisonné qui soit. Mais il y avait pire. Dans les dernières pages du cahier, Simone commentait avec une empathie déchirante les confidences que Tiphaine lui avait faites durant leurs promenades dans les jardins du littoral : son refus d'être mère, non pas pour les raisons qu'elle m'avait dites – ses priorités de chef d'entreprise et l'absence de fibre paternelle dont je ne me cachais guère –, mais parce que, élevée sans amour, elle redoutait de reproduire malgré elle le schéma d'indifférence qui avait asphyxié son enfance, ou de causer autant de dégâts par l'excès contraire. Pourquoi ne m'en avait-elle jamais soufflé mot ?

La dernière page m'a achevé : « Je n'en peux plus de la présence non-stop de Pierre, de sa gentillesse appuyée, de ses appels incessants au repos, de son refus de me laisser cuisiner ou conduire...

Et puis quoi encore ? Tiphaine m'envoie des textos en douce pour me dire d'être "sympa" avec lui, tandis qu'il déblatère contre elle à cause de son "insensibilité à mon état", *dixit*... C'est affreux comme la vie nous donne parfois ce qu'on a tant réclamé, pour mieux nous en montrer la stupidité. Je n'ose pas lui avouer mes vrais rapports avec sa femme, ça ne ferait qu'empirer les choses. Je pense à son Edwige, le seul de ses personnages où il a mis un brin de moi : "Elle se confie peu, mais elle ne jette rien." Manquerait plus qu'il trouve ce journal... Quoique. Je m'en fous, au fond. C'est là que je vois que c'est la fin. Heureusement, Boc est mort. Nous irons à son enterrement à Monaco, demain. Ça fera diversion dans le comptage des jours qui me restent. Mon Dieu, faites que je parte moi aussi, le plus vite possible, et sans avoir à me suicider, je vous en supplie. Là, tout de suite, sans lâcheté, sans péché et sans remords. Avant le déclin total, les souffrances, la perte de conscience. Avant que leur couple n'atteigne le point de non-retour... S'il vous plaît. »

En refermant le cahier jaune, l'évidence s'empare de moi. Il est là, mon livre. Celui que je dois publier à présent. C'est le sien. Mon rôle se bornera à l'encadrer par un avant-propos et une postface. À retracer l'historique et la situation, à raconter l'aventure Castagnol, à montrer comment la mise en scène d'une imposture dérisoire aura contribué à révéler le vrai visage d'une mère.

Je me réveille à neuf heures et demie. Un grand silence règne dans l'appartement. Jetant un œil à l'ébauche de plan que j'ai prise en note avant d'éteindre, je me rends compte que ma préface, en fin de compte, risque d'occuper un bon tiers du livre. Je l'écrirai sur place, le temps qu'il faudra, sous l'égide de Lucie. Bien plus que l'image vivante de ma mère, bien plus que sa porte-parole et son ombre portée, elle m'apparaît à présent comme son auxiliaire de mort, une sorte d'exécutrice testamentaire autodésignée. Par elle, avec elle et en elle s'accompliront ses dernières volontés.

J'hésite à appeler Tiphaine, à enfreindre sa demande de silence pour lui parler des révélations du cahier jaune. J'en brûle d'envie, mais, dans le bras de fer qui l'oppose à ses Chinois, ce n'est pas le moment de la fragiliser avec un trop-plein d'émotions.

Au moment où j'enclenche la cafetière électrique, mon portable sonne. C'est Paule Ginetta, la meilleure amie de maman, qui tient à m'informer des divagations de la générale.

– Il y a eu *Le Dîner de cons*, maintenant elle nous fait *Le Souper de Fantômette*... Tout Nice est au courant. Ne le prends pas mal, Pierrot, surtout, ça aurait tellement fait rire ta mère. La dernière fois qu'elles se sont vues, à Carrefour Market, Gabrielle lui a raconté qu'elle venait d'être reçue à l'Élysée pour le Noël des pompiers – alors qu'elle était au ski à Valberg, ma petite-fille l'avait croisée. Mais on n'est plus seulement dans la mythomanie, là. Le problème, c'est que personne n'ose lui dire en face qu'elle perd la boule, moi la première... On se contente de faire avec. Non, le pire, c'est qu'elle conduit encore.

Je m'associe à sa compassion et je raccroche, soulagé d'un grand poids. Si, conformément aux insinuations du Dr Shangore, le souhait de Lucie est de s'incruster à la maison, il suffira de la faire passer pour une sœur expatriée en séjour à Nice, comme elle en a déjà eu le réflexe auprès des voisins du dessous. En me formulant cette parade, je me rends compte à quel point j'ai envie, soudain, que la « chambre de fonction » demeure occupée.

Après deux tasses de café, je vais y glisser un œil. Elle dort toujours, sa permanente de traviole. Doucement, je remets la perruque d'aplomb. Son front est brûlant. Je la secoue, inquiet, de plus en plus fort, répétant son prénom. En vain. Alors j'essaie un « Simone ! » remonté du fond des âges, de ces colères d'adolescent où je lui déniais son titre de mère pour me sentir un homme.

Une amorce de sourire allonge le coin de sa lèvre gauche. Je voudrais croire qu'elle simule cette espèce de léthargie, mais même la meilleure des comédiennes échouerait à contrôler la température de son corps. Elle bredouille, les yeux toujours fermés :

– Laisse-moi partir, mon chéri… Sois gentil… Laisse-moi…

C'est une voix de maman que je n'ai jamais entendue. Je reconnais le timbre et les inflexions de Simone, mais cette douceur de requête détachée est si éloignée du ton d'agonie martiale qui résonne encore dans mon cœur, amplifié par les voûtes de la cathédrale, ce matin de juin où j'ai recueilli son dernier souffle entouré des trente médecins qu'elle détournait de l'hommage à leur confrère. Elle ouvre les yeux. Le bleu de ses lentilles étincelle sous les larmes.

– Je ne suis revenue que pour ça, lapin... Pour que tu saches...

Elle cherche la suite de la phrase dans mon regard. Le claquement de ses dents succède aux mots.

– Que je sache quoi ? Ce qui est écrit dans le cahier ?

Un mouvement compulsif agite sa tête sur l'oreiller. C'est comme si la transe qui l'avait amenée à déclouer le tissu du tiroir, en pleine nuit, atteignait son point de rupture. Je me précipite sur mon portable. Shangore est sur répondeur. Au quatrième message sans réponse, j'enfile mes chaussures et j'ouvre la porte. Un camion-grue est en train de réparer un lampadaire, bloquant l'accès au parking. Tant pis, le cabinet médical n'est qu'à six cents mètres.

Je cours au-dessus des rochers en direction du port, tourne dans l'avenue Saint-Aignan, grimpe le raidillon jusqu'au chemin du Mont-Boron. Shangore est devant sa petite villa décrépite, en train de dévisser sa plaque de généraliste.

– Ne me dites pas que vous arrêtez !

Mon cri du cœur lui déclenche un haussement de sourcils.

– Que j'arrête quoi ? Ils ont tout détruit : le secret médical, la liberté de prescrire, le serment d'Hippocrate… Principe fondateur : « Avant tout, ne pas nuire… » La loi du marché a remplacé l'éthique.

– Vous pouvez venir pour une urgence ?

– À vos risques et périls.

Il contemple sa vieille plaque de cuivre tombée sur le trottoir, enchaîne d'une voix détimbrée :

– Le conseil de l'Ordre m'oblige à vacciner au lieu de soigner, je leur ai envoyé ma démission avant qu'ils me radient. Quel est le souci ?

Je lui décris les symptômes de Lucie.

– Ça y est, elle s'est installée chez vous ? m'interrompt-il avec un apitoiement réprobateur.

Je nuance d'une moue. Il soupire :

– Je vous aurai prévenu.

Il se baisse pour prendre d'un geste lent le panonceau en plastique neuf posé contre le mur.

Pranal Shangore
Naturopathe

En se redressant, il tient à me rassurer avec une douceur lointaine :

– Pour mes patients, rien ne changera, en dehors des remboursements – tant que cela existe encore... Elle vous a dit qu'elle était à la rue ?

– Non, pourquoi ?

– Deux vaccinés triple dose comme elle se sont passé le virus, à son étage. Du coup, le directeur du Palazzo exige qu'elle mette un masque pour faire ses sketchs – de peur que ses postillons ne contaminent son public. Elle refuse, donc il annule ses animations. Et comme c'était sa seule source de revenus pour payer le loyer... Vous avez pris sa température ?

– Non, mais elle a au moins 40.

– Vous savez, au Noël des résidents, je l'ai vue jouer *Le Malade imaginaire*...

Passant outre à ses soupçons, je lui enjoins de venir l'examiner sur-le-champ. Avec un soupir, il repose sa nouvelle plaque derrière la visseuse électrique et m'emporte sur son scooter.

Lorsque nous arrivons devant chez moi, il s'étonne de me voir rester en selle, pétrifié, les yeux fixés sur l'emplacement libéré par le camion-grue.

– Qu'est-ce qui vous arrive, Pierre ?

La Fuego n'est plus là.

Il y a des morts injustes, des morts absurdes, et puis des fins de parcours qui paraissent un prolongement naturel, une conclusion logique, presque une validation. C'est ce que je me suis dit en recevant l'appel de l'hôpital Pasteur. Lucie avait donné mon numéro à l'infirmière des Urgences. Fractures multiples, hémorragies, pronostic vital engagé. D'après les caméras de la Voie Rapide, la Fuego avait percuté un garde-fou à 150 km/h en tentant de dépasser une Porsche qui venait de la doubler par la droite.

*

La première chose que je vois en entrant dans la chambre, c'est la perruque posée au-dessus du grand sac en papier contenant les chaussures et le tailleur gris. Je détourne les yeux, lentement, et je découvre l'espèce de momie allongée entre les perfs et les poulies qui suspendent ses membres. Son regard intense émerge du visage bandé. Une des lentilles bleues est restée en place.

Je me penche pour approcher mon oreille de ses lèvres qui remuent entre les couches de gaze.

– Ta mère n'allait pas se laisser humilier… Une Porsche.

Elle parle dans un souffle, mais ce sont plus que jamais les inflexions et le phrasé de son personnage.

– Pourquoi tu es partie comme ça, Lucie ?

– Pour empêcher, tiens !

– Empêcher quoi ?

– La destruction des serres.

Je la revois samedi matin, en train de pleurer à la cuisine au-dessus du journal qui commentait l'extension des studios de la Victorine. Elle articule avec effort :

– Je pensais qu'en faisant rempart de mon corps… les bulldozers n'oseraient pas.

Elle se fige. La main sur la gouttière de son bras, je me dis que ce sont ses dernières paroles. Et puis elle ajoute, dans une rupture de ton qui rappelle les ponctuations narquoises de ses stand-up au Serena Palazzo :

– Et voilà, j'ai reperdu d'un coup mes quatre points.

Je lui réponds que ce n'est pas grave : dans un an, elle aura le droit de se réinscrire à un stage. Un son de connivence dérisoire vibre dans sa gorge. Sa langue parcourt le tour de ses lèvres sèches. Je lui présente la pipette de son gobelet. Elle fait non de la tête.

– Lapin… donne le cahier à Tiph. C'est moi qui l'ai fait venir à Nice, vendredi… Il faut que tout s'arrange entre vous. Il faut… réparer mes torts…

– Je sais. Ne t'inquiète pas.

– Tu me pardonnes ?

– Je t'aime.

Les trois mots que je n'ai jamais dits à ma mère. Elle a souri. Un sourire de fierté, un sourire de confiance, de gratitude… Sa tête s'est inclinée en avant dans une esquisse de salut. Et la représentation s'est achevée.

Je lui ai fermé les yeux comme on baisse un rideau de scène. Sa paupière gauche s'est relevée. Un rappel, un dernier retour dans les lumières pour répondre aux bravos.

Je me suis détourné de la prunelle bleue. Dans le brouillard de mes larmes, je me suis dirigé vers la perruque de maman. Et j'ai fouillé dans le sac en papier pour récupérer sa carte d'identité et son permis de conduire.

*

Dans le bureau des infirmières, je tombe sur le cousin de Cagnes-sur-Mer que Lucie a fait prévenir en même temps que moi. Il répond à mes condoléances qu'il est sa seule famille, oui d'accord, mais qu'ils sont fâchés depuis treize ans parce qu'il n'est pas venu l'applaudir au théâtre Francis-Gag, et qu'il ne sait pas où la mettre – de toute façon, il n'a pas les moyens : même une incinération, ça coûte.

J'attends qu'il ait fini d'exprimer son chagrin et je lui dis que je m'occupe de tout. Dans un sursaut de dignité méfiante, il me demande à quel titre. Je réponds :

– Elle était très proche de ma mère.

Désormais, son rôle est gravé dans le marbre. Sous les cinq noms de mon caveau de famille, j'ai fait inscrire :

Simone Pijkswaert II
(née Lucie Castagnol)

Je pense que l'une comme l'autre apprécient la formule. En tout cas, depuis l'accident qui a mis un terme à leur fusion terrestre, je me sens incroyablement léger. Toutes les batailles contre le temps, les fidélités masochistes, l'introspection fictive et le surplace acharné dont j'ai nourri ma vie comme mon œuvre n'ont plus de raison d'être. Quand on vient de perdre sa mère pour la seconde fois, on se sent doublement seul, oui, mais surtout deux fois plus libre. Libre d'empoigner la vie à bras-le-corps, pour se montrer digne de l'amour à côté duquel on est passé.

Tiphaine remonte l'allée dans son grand manteau noir, entre les hauts palmiers chétifs derrière lesquels scintillent les toits de la Victorine. Lors de mes deuils précédents, je n'avais pas remarqué combien le cimetière de Caucade est proche des plateaux de cinéma. Sur la droite, le soleil fait briller les pelleteuses en attente autour des serres condamnées.

Ma femme s'arrête à mes côtés, tandis que les fossoyeurs remettent la terre en place. Elle a raté l'inhumation, mais elle ne voulait pas interrompre sa lecture. Quand je suis allé la chercher à l'aéroport, je lui ai donné le cahier jaune. Elle l'a commencé près de moi dans le taxi, et elle vient de le finir sur un banc à l'ombre des cyprès.

J'attends ses commentaires. Comme rien ne bouge sur son visage grave, je murmure :

– Je te demande pardon pour ce que tu m'as caché.

– Et moi pour tout ce que tu n'as pas deviné.

Nos regards convergent vers ce journal intime

qui nous unit dorénavant dans le secret des non-dits. Elle enchaîne sur le même ton :

– Je viens de recevoir un texto, mon projet passera en commission lundi.

D'une moue, je lui rappelle que le lieu n'est peut-être pas idéal pour parler affaires. Elle poursuit :

– Quand j'ai compris que, de toute façon, je serais obligée de leur céder Tiphaine P., j'ai posé une condition aux Chinois. Leur ambassadeur est très influent à l'Unesco, et ta ville vient d'être classée au Patrimoine mondial de l'humanité – classement révisable en cas de non-respect de la charte. M. Yang a fait savoir à la mairie qu'il ne serait pas très bien vu de créer un parking à la place des serres inaugurées par Napoléon III, qui est à l'origine du rattachement de Nice à la France.

Un émerveillement incrédule succède à mon rappel aux convenances.

– Tu veux dire... que tu rachètes les serres de maman ?

– Je passe du plastique aux fleurs, oui. J'ai transmis hier soir un projet groupé : musée Napoléon-III de l'écologie urbaine – c'est lui qui a inventé le concept d'espaces verts – et Centre de recherche sur les plantes dépolluantes. Je ne vois pas bien comment ils pourraient refuser. On vend Paris et on s'installe ici ?

Le sol du cimetière vacille sous mes pieds.

– Tu es sérieuse ?

– Optimiste : je finirai bien par m'habituer au climat. Et ce sera beaucoup mieux pour le bébé.

Souffle en suspens, je m'efforce de réagir avec naturel, comme on feint de trouver un miracle normal de peur qu'il ne s'évapore.

– Tu te sentirais… prête ?

– Et toi ?

Je réponds sans me poser la question :

– Oui.

– Ça tombe bien. Je comptais te l'annoncer vendredi soir, et puis… on est partis sur autre chose.

Le cœur serré, je lui demande si elle est certaine de son choix. Elle détourne le regard vers les dernières inscriptions de la dalle.

– C'est quand ta mère m'a confié son cancer que j'ai arrêté la pilule. Mais si la Simone II ne t'avait pas donné ce cahier, peut-être que mes vieilles peurs, une fois de plus, auraient gagné…

Du coin de l'œil, elle guette les réactions sur mon visage. Comme mon silence se prolonge, elle finit par me demander si j'ai un doute. La gorge nouée, j'observe les mésanges qui survolent le caveau en zigzag, d'une branche à l'autre, avec des appels insistants. Je revois maman devant la tombe, un quignon de pain à la main. Chaque fois qu'elle venait fleurir papa, elle parsemait la dalle de miettes, et le gazouillis joyeux des oiseaux se précipitant pour picorer les noms gravés accompagnait ses prières. « Ça fait un peu de vie », disait-elle aux endeuillés voisins qui la regardaient de travers.

Je réponds :

– Si c'est une fille, on l'appellera Lucie.

– C'est prévu, mon amour. Sinon, ce sera Simon.

Et elle me tend son mouchoir, comme pour autoriser les larmes que je peine à retenir. Mais elle assortit son geste d'un mouvement du menton vers le marbre. Alors, je m'agenouille au-dessus des fientes d'oiseau et, le regard brouillé, je nettoie le nom de ma mère.

DU MÊME AUTEUR

Romans

LES SECONDS DÉPARTS :

VINGT ANS ET DES POUSSIÈRES, 1982, prix Del Duca, Le Seuil et Points-Roman

LES VACANCES DU FANTÔME, 1986, prix Gutenberg du Livre 1987, Le Seuil et Points-Roman

L'ORANGE AMÈRE, 1988, Le Seuil et Points-Roman

UN ALLER SIMPLE, 1994, prix Goncourt, Albin Michel et Le Livre de Poche

HORS DE MOI, 2003, Albin Michel et Le Livre de Poche (adapté au cinéma sous le titre *Sans identité*)

L'ÉVANGILE DE JIMMY, 2004, Albin Michel et Le Livre de Poche

LES TÉMOINS DE LA MARIÉE, 2010, Albin Michel et Le Livre de Poche

DOUBLE IDENTITÉ, 2012, Albin Michel et Le Livre de Poche

LA FEMME DE NOS VIES, 2013, prix des Romancières, prix Messardière du Roman de l'été, prix Océanes, Albin Michel et Le Livre de Poche

JULES, 2015, Albin Michel et Le Livre de Poche

LE RETOUR DE JULES, 2017, Albin Michel et Le Livre de Poche

LA PERSONNE DE CONFIANCE, 2019, Albin Michel et Le Livre de Poche

LA RAISON D'AMOUR :

POISSON D'AMOUR, 1984, prix Roger-Nimier, Le Seuil et Points-Roman

UN OBJET EN SOUFFRANCE, 1991, Albin Michel et Le Livre de Poche

CHEYENNE, 1993, Albin Michel et Le Livre de Poche

CORPS ÉTRANGER, 1998, Albin Michel et Le Livre de Poche

LA DEMI-PENSIONNAIRE, 1999, prix Version Femina, Albin Michel et Le Livre de Poche

L'ÉDUCATION D'UNE FÉE, 2000, Albin Michel et Le Livre de Poche

RENCONTRE SOUS X, 2002, Albin Michel et Le Livre de Poche

LE PÈRE ADOPTÉ, 2007, prix Marcel-Pagnol, prix Nice-Baie des Anges, Albin Michel et Le Livre de Poche

LE PRINCIPE DE PAULINE, 2014, Albin Michel et Le Livre de Poche

ON DIRAIT NOUS, 2016, Albin Michel et Le Livre de Poche

L'INCONNUE DU 17 MARS, 2020, Albin Michel

LES REGARDS INVISIBLES :

LA VIE INTERDITE, 1997, Grand Prix des lecteurs du Livre de Poche, Albin Michel et Le Livre de Poche

L'APPARITION, 2001, prix Science-Frontières de la vulgarisation scientifique, Albin Michel et Le Livre de Poche

ATTIRANCES, 2005, Albin Michel et Le Livre de Poche

LA NUIT DERNIÈRE AU XVe SIÈCLE, 2008, Albin Michel et Le Livre de Poche

LA MAISON DES LUMIÈRES, 2009, Albin Michel et Le Livre de Poche

LE JOURNAL INTIME D'UN ARBRE, 2011, Michel Lafon et Le Livre de Poche

J'AI PERDU ALBERT, 2018, Albin Michel et Le Livre de Poche

LE POUVOIR DES ANIMAUX, 2021, Albin Michel

THOMAS DRIMM :

LA FIN DU MONDE TOMBE UN JEUDI, t. 1, 2009, Albin Michel et Le Livre de Poche

LA GUERRE DES ARBRES COMMENCE LE 13, t. 2, 2010, Albin Michel et Le Livre de Poche

LE TEMPS S'ARRÊTE À MIDI CINQ, t. 3, *in* THOMAS DRIMM, L'INTÉGRALE, 2016, Le Livre de Poche

Album jeunesse

ET SI TU ÉTAIS UNE ABEILLE ?, 2018, Michel Lafon

Récit

MADAME ET SES FLICS, 1985, Albin Michel (en collaboration avec Richard Caron)

Essais

CLONER LE CHRIST ?, 2005, Albin Michel et Le Livre de Poche

DICTIONNAIRE DE L'IMPOSSIBLE, 2013, Plon et J'ai Lu

LE NOUVEAU DICTIONNAIRE DE L'IMPOSSIBLE, 2015, Plon et J'ai Lu

AU-DELÀ DE L'IMPOSSIBLE, 2016, Plon et J'ai Lu

LES ÉMOTIONS CACHÉES DES PLANTES, 2018, Plon et J'ai Lu

LA BIENVEILLANCE EST UNE ARME ABSOLUE, 2019, Éditions de l'Observatoire et J'ai Lu

Beaux-livres

L'ENFANT QUI VENAIT D'UN LIVRE, 2011, Tableaux de Soÿ, dessins de Patrice Serres, Prisma

J.M. WESTON, 2011, illustrations de Julien Roux, Le Cherche-Midi

LES ABEILLES ET LA VIE, 2013, prix Véolia du Livre Environnement 2014, photos de Jean-Claude Teyssier, Michel Lafon

Théâtre

L'ASTRONOME, 1983, prix du Théâtre de l'Académie française, Actes Sud-Papiers

LE NÈGRE, 1986, Actes Sud-Papiers

NOCES DE SABLE, 1995, Albin Michel

LE PASSE-MURAILLE, 1996, comédie musicale (d'après la nouvelle de Marcel Aymé, musique de Michel Legrand), Molière 1997 du meilleur spectacle musical, à paraître aux éditions Albin Michel

LE RATTACHEMENT, 2010, Albin Michel

RAPPORT INTIME, 2013, Albin Michel

site de l'auteur : www.didiervancauwelaert.fr

Composition : IGS-CP
Impression : CPI Bussière en avril 2022
Éditions Albin Michel
22, rue Huyghens, 75014 Paris
www.albin-michel.fr

ISBN broché : 978-2-226-47439-1
ISBN luxe : 978-2-226-18527-3
N° d'édition : 25004/01 – N° d'impression : 2064186
Dépôt légal : mai 2022
Imprimé en France